奪われた記憶で愛を誓う

魂管理局シリーズ

髙月まつり

illustration:
小禄

prism bunko

CONTENTS

奪われた記憶で愛を誓う

魂管理局シリーズ

「もう会えない。二度と会えない。だが俺は、お前が寿命を全うすると願っている。幸せな生涯を送ることをずっと祈ってる。できるはずだ。だってお前は俺の太陽なんだから」

◆

人間界とあの世の中間に存在する「魂《たましい》管理局《かんりきょく》」にも季節は存在する。

……とは言っても地上ほどメリハリはなく、常に生活しやすい環境にあった。

数年前までは管理局ビルと居住地区、そして日用品や家電、デリバリーのショップがあるだけのシンプルな風景だったのが、今では居住地区には多くのショップや娯楽施設が立ち並び、非番の局員たちで賑わっている。

ファランロッド局長を頂点として、人間界の「魂」に関する様々な仕事を一挙に引き受けている不思議機関だ。

人間タイプの局員たちは原則として黒スーツに身を包み任務に就いている。中でも「魂撃滅課」通称空狩《うろ》りは花形部署で、転生できずに地上を彷徨って悪事を働く魂「空」を撃滅させるためにそれぞれに合った武器を所持している。

また生前の行いが報われて局員になった動物たちも事務方に多く存在していた。

ファランロッド局長が、ゴージャスな黒い巻き毛を揺らし「ここ数年で、局員として生を受けても、空狩りをはじめとする魂管理に関わる仕事が合わずに肩身の狭い思いをしている局員たちが増えていたのよ。試しにブティックやカフェに配置してみたら、水を得た魚のように生き生きと接客を始めたわ！」と安堵の表情を見せたほど、局員たちの体質が変化していた。

どの店も金銭の授受は必要なかったのだが「疑似通貨で構わないのでお金を払いたい」という局員が相次いだので、まずは店を使用したら会員カードにスタンプを押してもらうところから始めた。スタンプがたまったら、店舗ごとのオリジナルグッズが貰える仕組みだ。局員たちは「人間っぽい！」と喜んで会員カードを使っている。

非番の周令《しゅうれい》ももちろん会員カードを持っていて、スタンプを押してもらってからカフェのテラス席に腰を落ち着け、アイスコーヒーを飲みながら仕事用のタブレットで「本日のお知らせ」を読んでいた。

非番なのでいつもの黒スーツではなく、白のオーバーサイズTシャツとブラックデニム。足元は「お取り寄せ」で手に入れた革のサンダルだ。大きな白い翼も今はしまい込んでいる。しっかりと整えた前髪が密かな自慢の、青みがかった黒髪は日が当たると淡く輝き、薄い唇と切れ長の目は冷淡な印象を他人に与える。局員は基本整った容姿であり、周令は「クールビューティー」というカテゴリーだと教えられた。

彼にそれを教えたのは「局長候補」の由《ゆい》だ。由自身は派手というか分かりやすいというか、美しい白い翼を持つ「麗しい王子様顔」で、公私を共にするパートナーと一緒に暮らしている。

周令はそんなことを思いながらアイスコーヒーを一口飲む。このカフェのコーヒーは氷もコーヒーで作っているので、味が薄まらずに最後まで美味しく飲めるので気に入っている。

店長自ら、許可を得て人間界に降りて様々な店のコーヒーを飲んだという話を聞いた。

生き物の魂に関わるのが魂管理局局員だが、こういう仕事の局員がいてもいい。旨いコーヒーと居心地のいいテラス席は、空狩りたちの心を癒やしてくれる。

……人間界で初めてコーヒーを飲んだときは、ずいぶん驚いたけどな。由が「旨いからそのまま飲んでこらん」と言うから飲んでみたら、苦くてびっくりした。慣れたら旨いものに変わったが。しかしあの頃の俺は素直だったな……。

小さく微笑んだのもつかの間、周令は「なんだと？」と低い声を出した。

「本日のお知らせ」の最後に、「今回は、魂管理局局員として生まれ変わる人間が一人います。人間のときの名前は高柴司《たかしばつかさ》ですが、ここで名字は必要ありません。みなさん、下の名前で呼んであげましょう」と書いてある。

高柴司だと……？

よく見てみると、享年二十歳と書いてある。

ふざけるな。なんだその享年は。あの日からたった四年しか経っていない。

旨いはずのアイスコーヒーがただの苦い水になった。

四年前、局員の研修として初めて地上に降りたとき、高柴司と出会った。

魂管理局局員は「翼を現した姿を人間に見られてはならない」という規則があるにもかかわらず、周令は司に姿を見られてしまった。

ヨーロッパからアジアを回り、日本が最後の研修地だった。

当時の指導教官は由で、周令は彼に「優秀な新人」として目をかけられていた。自分の勝手な思い込みではなく周りの新人局員たちもそう言っていたので、本当のことだろう。

だがトラブルに巻き込まれた結果、周令は由を失望させてしまった。

――翼を現した姿を人間に見られたどころか、その人間と親密になった――。

新たな魂となれと「転生課」に連行されても仕方のない事件だったのに、公にならないどころか局の花形部署である魂撃滅課、通称「空狩り」に配属された。

なんで俺がと、由に直接話をしに行ったこともある。だが彼は「優秀な局員だからそれなりの配属なんだが」と笑顔で言った。あのときの甘ったるい笑顔は思い出しても腹が立つ。彼は周令が何をしたのか知っているくせに。だから、きっと自分を監視するために同じ部署に入れたのだと思うことにした。

「……二度と会わないと誓ったのに、どうしてまた俺の前に現れるんだ……司」

タブレットに文句を言っても仕方がないのに、言わずにはいられなかった。

周令は「お知らせ」の続きに目を向ける。

そこには、司の指導官の名前があった。由のパートナーの駿壱《しゅんいち》だ。由を含めた四人の次期局長候補を育て上げた功績から、寿命を全うしたのちに魂管理局に配属された「初めての人間」として話題になった。しかも現在は「空狩り」の一員として業績を上げている。

「俺の方が先輩なのに、なんで駿壱が指導教官なんだ？　……いや、待て、あいつは俺の後輩だから」

そこで何かを思いついた周令は勢いよく立ち上がった。まだ半分も飲んでいないアイスコーヒーを一気に飲むと、さっきよりはマシな味がした。

◆

確か俺は、車に轢かれそうになった子供を助けようとして車道に走ったはずだが、そこから先の記憶が全くない。

高柴司は何度も瞬きをして、白くまぶしい空間をうろうろと歩いた。

いったいここはどこだろう。そしてなぜ自分はスーツを着ているのだろう。司は何度も首を傾げる。

「やあ、こんにちは。魂管理局へようこそ」

いきなり背後から声をかけられて慌てて振り返ると、そこにはグレーのスーツを着た青年が立っていた。若い外見と柔らかな口調から、自分とあまり年が変わらないか、もしかしたら一つ二つは年上かもしれないと思った。

「はあ……。あの、俺はいったいどこにいるんでしょうか？」

「人間界とあの世の中間に存在する魂管理局だ。君の死はイレギュラーから特例が発令されて、こうして魂管理局の局員となった。俺は君の指導教官となった駿壱だ。これからよろしく頼む」

駿壱と名乗った青年の背には、立派な白い翼がある。

待って。ちょっと待ってくれ。誰か嘘だと言ってくれ。あと一分も動揺したら、白い壁セットの向こうから「実はドッキリでした！」「冗談でーす！」と大学の友人が笑いながら出て来るはずだ…………。

司は、赤茶けた髪を両手で何度もかき上げてから深呼吸をする。

心の中で六十まで数えても、誰も出て来ない。もう六十数えようとしたところで、駿壱に声をかけられた。

「気持ちは分かるよ。俺も最初は動揺した。まさか自分が魂管理局の一員になるとは思わなかったからな」

「…………ここは俺が暮らしていた場所ではないんですか？」

「違うよ」

「俺は……元の世界に戻れるんですか？」

「戻れないな。君はトラックに撥ねられて死んでしまった」

「…………そんな」

「予定外の死を迎えた者は、すぐ人間に転生できるしくみなんだが、君はなぜか魂管理局の局員として生まれ変わった。こういうこともあるんだなと驚いている」

足から力が抜けて、へなへなとその場に座り込む。

「俺はまだ学生だったんだ。友人もいたのに……なんで、こんな……」

駿壱が司の前にしゃがみ込んで「現在の家族の様子を見ることはできるよ」と言ってくれたが、首を左右に振った。

「気持ちが落ち着くまで、新しい住まいでゆっくりするといい。もし一人が寂しいなら俺が話し相手になれる。癒やしが欲しいなら、うちの『ずんだ』を貸してあげるよ。モッフモフで触りがいがある猫だ。ちょっと重いけど」

「いろいろと……ありがとうございます」

「俺は大往生の末にここにやってきたが、君はまだ若いんだもんな。君の気持ちは察して余りある」

よしよしと頭を撫でられた。温かくて大きくて優しい手だ。「局員」とやらも体温はあるんだなと思っていたら、涙が溢れてきた。

「あれ……すみません……っ、俺、恥ずかしいな」

「今ここには俺たちしかいないから、好きなだけ泣きなさい」

そっと差し出されたハンカチを受け取り、顔に押し当てる。涙が次から次へと溢れてどうしようもない。

駿壱が「大丈夫ここでやっていけるよ」と優しく頭を撫でてくれたおかげか、心の中に広がっていた不安が少しずつ溶けてなくなっていくように感じた。

「俺も三年前まで人間だったんだ。だから、人間界の話は通じるからね」

「はい」

「あと、局長や副局長以外にはここで敬語は必要ない。俺のことも呼び捨てで構わない」

「え？　それはちょっと……。習う側にいるのにあなたを呼び捨ては……」

「だよなあ。魂管理局生まれの連中とは違うもんな、俺たち。最初は敬語になるよなあ。俺のことは駿壱さんと呼んでくれればいい。慣れたら呼び捨てで」

……元人間の優しい人が指導教官でよかった。本当によかった。慣れるまで、何かあったら頼ろう。

司は、「ここで暮らしていくしかないんだ」と思いながらハンカチで涙をぬぐい、洟をすすった。

「ハンカチありがとうございます」

「返さなくていいからね。局員の備品なんだそれ」

「……駿壱さんっていい人、いや、いい天使？　違う、いい局員です、だ。なんで天使なんて言葉が出たんだろう」

「それは、お前が人間界で天使に出会ったからだ！」

白いだけだった部屋が、唐突に景色が変わった。

やけに高い天井、白いパーティションに区切られた部屋。重厚で大きなデスクと座り心地のよさそうな椅子。同じ椅子が二つある。ウオーターサーバーとコーヒーサーバーが完備されていて、まるで海外ドラマのオフィスにある「上司の部屋」だ。

「周令、ドアを開ける前にノックしてくれ」

駿壱がゆっくり立ち上がる。司も続けて立ち上がった。

「お前は俺の後輩だろう？　駿壱。だったら別にいいじゃないか。そこの新人の指導教官を俺に譲れ！」

部屋が一瞬で様変わりしてびっくりしたのに！　この人は誰ですか！　実は俺は違う部署に行かされるとか？　その人の顔が凄く怖いんですが……！

いきなり大声を出されて身が縮む。

侵入者は、前髪が長い黒髪と切れ長の目はとても艶やかで美しく目を引くけれど、横柄な態度が台無しにしている気がした。

「変更はきかないよ。ファランロッド局長とエルス副局長、そして転生課課長と由の四人で決めたことだ」

「だがお前は俺の後輩だろう？　先輩の願いを聞いてもいいだろう？　代われ」

周令がぐいぐいと押してくるが、駿壱も一歩も引かない。

「そういう子供のような我が儘は聞けないよ、周令」

「後輩なのに、俺を子供扱いするのか？　お前は」

「まあ、生きた経験で言ったら俺の方がかなり上だ。周令は魂管理局の局員として二十年しか生きていないだろうが、俺は八十二年生きた上に、ここで三年生きてるからな」

マジか！　じゃあ三年前はおじいさんだったのか、駿壱さん。そりゃ俺のあやし方も上手いってわけだ。

司は「へえ」と感嘆の声を上げる。

すると周令に睨まれた。綺麗な顔の男の睨みは迫力がある。

「俺に新人を任せられないと？」

「そういう意味ではないでしょ。いいかげん静かにしてよ、周令」

一人の青年がそう言ってから、ドアをノックした。

黒髪に黒い翼を持ったスーツ姿の長身の青年は、おっとりした空気をまとって「失礼します」と室内に入って来る。

「どうした？　十織《とおる》」

「なんかごたついているなと思ったから寄っただけ。周令はなんで今日に限って駿壱さんに突っかかるのかな？」

周令は「突っかかってなんかない」と言い放って、部屋から出て行った。

「昔はもっと人当たりのいいヤツだったんだけどなあ」

十織は小さなため息をつき、駿壱に「書類整理でオフィスにいるから、また何かあったら俺を呼んでね」と言って、司に手を振りながら部屋を出る。

「驚かせてごめん」

「いいえ。でも、あの人は私服だったけど……局員？　ですか？」

「ああ。俺はあの気難しい性格しか知らないが、十織が言うように昔は違ったらしい」

「……あの顔で性格がよかったら最高じゃないですか？　滅茶苦茶モテそう」

思わず口から零れた言葉に赤面すると、駿壱が笑う。

生まれ変わったばかりだが、そのうち恋をする余裕ができるのだろうか。まさかなと、慌てて首を左右に振った司に、駿壱が「ここの恋愛に種族や性別は関係ないんだよ」と言った。

◆

駿壱に案内してもらった住まいは、日本で言うところのマンションだった。

十五階建てのマンションをぐっと見上げると、屋上に大きな鳥の翼が見えた。あれはもしかしたら局員の翼なのかもしれない。白くて、まるで天使の翼のようだ。

「新人のうちはここで暮らしてくれ。スイーツやスナックなどの嗜好品は店で手に入れられる。全店舗共通の会員カードはどの店でも作れるから、作っておくといい」

広々としたエントランスからエレベーターに乗り、五階で下りながら駿壱が説明する。

「翼があるのにエレベーターを使うんだ……」

「新人の翼はまだ小さくて、最初は介助してもらわないと飛べないいんだ」

「なるほど……！」

「それと……これが君の部屋のキーだ。翼認証をするまで使うからなくさないでくれ」

角部屋で歩みを止めた駿壱が、司に薄っぺらいカードキーを手渡した。

「ここって……もしかして物凄くハイテクなんですか？　翼のある人間たちがカードキー

を持つなんて凄いな」

転生して背中に翼が生える現象が起きているんだから、この世界はもっとファンタジーかと思った。だがよく考えたらここに来るまでの間に妖精がいそうな森や泉はなかったし、怪物が現れそうな岩場もなかった。

あったのは、見た目は新興住宅地と駅前商店街だ。綺麗に舗装された道路には車も走っていた。

「ハイテクなのに中枢はウルトラファンタジーかな。そのうち、新生課に連れて行ってあげるよ。きっとびっくりするから」

「……そうですか」

司は適当に頷きながらカードキーでドアロックを解除する。

異世界的なものはどこにもなく、至って普通のワンルームだ。ただ、広さを除く。

「テレビもあるしベッドもある。ソファもあるのか！　やった！　俺が住んでいたアパートは六畳のワンルームだったから、こんな大きなソファは置けなかったんだ！　ここって何畳かな。十畳？　二十畳？　いや、もう少しありそうだけど……」

「おそらく……十五畳ぐらいかな」

キッチンカウンターの向こうには立派な冷蔵庫もあった。

司はソファに腰を下ろして座り心地を確かめてから、窓際のベッドにダイブした。マットレスの硬さも好みで、いつまでも寝転がっていたくなる。

「スーツと靴、私服はこっちのクローゼットの中に入ってる。サイズは合っているはずだが、着心地が悪かったら言ってくれ。すぐ交換する。それと、足りないようなら自分で用意してくれ」

魂管理局は、何から何まで至れり尽くせりのホワイト企業か。なんか凄いな、スーツ一式揃えてもらった！

……凄く嬉しいと思ったところで、司はあることに気づく。

「駿壱さん、俺、金を持っていません」

司はベッドの上で正座をすると、真顔で立ったままの駿壱を見上げた。

「ん？　ああ！　この世界では金は必要ないんだ。人間界とどんな折衝を行っているのか俺には分からないが、ここでは無料で人間界の物を手に入れることができる。みんな買い物ごっこがしたいんだよ。会員カードを作ってポイントがたまると、それに見合ったノベルティーが貰えるよ」

……ただで欲しい物を貰えるなんて、慣れるまで罪悪感に苛まれそうな気がする。司は胃痛になったら困るなと服の上から腹を撫で、「それでも……金が必要ないのはありがたい」と独りごちる。

「このマンションには、新人だけでなく中堅の局員、引っ越しするのが面倒くさい局員も住んでいる。みんな好奇心旺盛だが、気のいい連中でもあるよ」

あの、周令とかいう局員もここに住んでいるのだろうか。ずいぶんと強引で怖かった。周令の印象は強く残ったが、どちらかというと彼は苦手な部類だ。

「ここに誰かが尋ねて来ることもあるってことか。死んだばっかりで友達ができるのは嬉しいけど……できれば今夜は一人でゆっくりしたいと、そう思ったりして……ます」

「ははは。だよね！　みんなには俺から伝えておくから安心して。ところで食事は？　一応、自炊ができるように材料は揃っているけど……。もしよかったら俺と」

「お気遣いありがとうございます。でも……今日は腹が減らないような気がします。あと俺、自炊が得意なんで……あれ？　どうして得意なのかな、俺」

死ぬ寸前のことは覚えているし、人間界での記憶もある。なのに、自分のこととなると、急に曖昧になる。

「魂は転生するときに記憶をクリーニングされる。ただ、局員に転生するような特別な魂は、人間の頃の自分をちゃんと覚えているはずなんだけどな」

「駿壱さんは覚えてた？」

「ああ。でもまあ、どっちにしろいろいろ問題は起きるものだから、あまり気にするな」

そんな……不安になることを言わないでほしい……っ！

司が涙目で「どうしよう俺……」と言った次の瞬間、室内の人数がいきなり一人増えた。

「やあ！　君が新たに魂管理局の局員になった司君か！」

キラキラと体に星をまとったような、全体的に「豪華」な男だ。ついでに純白の翼も立派で、宗教画の主役と言われたら「ですよね」と頷く。ただスーツを着ていなければの話だが。

「は、はい。あの、あなたは？　天使？　いや、この圧倒感は天使というより悪魔的……」

その言葉に駿壱が「ぶっ」と噴き出した。

「まあね！　天使と悪魔は、なんらかの奇跡で俺たちの姿を垣間見た人間が作り出した幻想だから気にしない！　俺は次期局長候補の一人で由という。駿壱さんのパートナーだ」

泣きそうな不安が吹っ飛んでしまった……。

ああそうか、ずいぶん位が上の人なのか。こういうのをゴージャスって言うんだな。常に輝いていてどこかに照明係がいそう。まぶしい……。

「君の指導教官に駿壱さんを推したのは俺なんだ。どうか上手くやってほしい」

「は、はいっ！　それはもう……っ！　駿壱さんはいい人です。ありがとうございます。ところで、どうやってここに入って来たんですか？」

「局員として働き出せば普通にできるようになるよ。もっとも初歩的な行動だ」

瞬間移動にしか見えなかったが、俺もいずれできるのか。マジか。それは嬉しい。

司はうんうんと頷いて一人納得する。

「由、少し聞きたいんだが……。司は、人間の頃の記憶が曖昧だそうだ。どういうことだろう」

駿壱に問われた由が、ひゅっと右の眉を上げてこちらを見た。

まるで、何もかも見透かされ、彼の前に全裸で立っているような気持ちになって妙に恥ずかしさを覚える。

「局員になったばかりだからだと思う。思い出したいと思うなら、そのうち思い出すだろうし、思い出さないなら、別に今のままでもいいんじゃない？」

どうせ君はもう局員だ、人間ではないのだから。

あえて続きを言わなかった由に、司はまたしても不安になった。

「人間界での俺は、忘れたいようなことばかり起きていたんでしょうか？」

「それは俺には分からないけれど、君には局員としての第二の生を楽しんでほしいなって思ってる。恋とか仕事とか恋とか恋とか……！」

すると駿壱が「お前は何を言ってるんだ」と突っ込みを入れて由の背を叩いた。凄い音がしたが、由はだらしない顔で笑っている。

「もう駿壱さんの愛はいつも重いな。俺はもっと重くても平気だけど」

ちゅっ、と。司の目の前で、由が駿壱の頬にキスをした。

「うわ、うわ……っ！　キスした！」

頭では、ここは「魂管理局」という場所だと分かっていても、目の前で他人のキスシーンを見せられた司は驚いた。

「やめなさい、こら」

「頬にしかキスしてないのに！」

「人前ではしないと約束したはずなんだがな？　由」

駿壱が冷ややかな目で由を見つめた。あんな目つきで見つめられたら、司だったら悲しくなるし落ち込みもするだろう。

なのに由は「我慢できなくて。ごめんね？　駿壱さんと早くいちゃいちゃしたいよ」と甘え始めた。

「申し訳なかった、司。こいつのことは気にしないでくれ」

「その人、本当に次期局長候補なんですよね？　そして多分、偉い人なんですよね？」

駿壱の肩に顔を擦りつけて甘えている由の姿に、初対面の司は「魂管理局って大丈夫なのか？　いろんな意味で」と冷や汗を垂らした。再び湧き上がった不安を払拭してくれたのはありがたいが、第二の生にスリルは欲しくない。

「そこそこ偉いと思う。ただ、恋愛に関してはかなりこじらせているから、こんな状態になるんだ。ほんと、申し訳ない」

駿壱がそう言うなら頷くしかない。

司は「俺はもう一人で大丈夫です」と言った。きっと駿壱がここにいる限り、由はべたべたと彼にへばりついて離れないのだろう。

「そうか。では明日の午前九時に迎えに行くから、それまでに支度を調えてくれ」

「はい。駿壱さん、今日は本当にありがとうございました」

深々と頭を下げて礼を言うと、わしわしと乱暴に頭を撫でられた。この撫で方は駿壱ではない気がする。司が顔を上げると、由が無邪気な笑顔を見せた。


「疲れた」

湯船に浸かって独りごちる。

ゆったりと足を伸ばせる湯船の中、司は湯気が漂う天井を見上げた。

していることは生きていたときと同じなのに、ここは人間の住む世界ではないことに、頭が少し混乱している。

マンションのドアを開けたら、そこにはいつもの自分の世界があるような気がするが、心のどこかで「ここは異世界だ」と囁いている自分もいる。

「俺は助からなかったのか。車に轢かれた衝撃はなかった気がするんだが、どこか打ち所が悪かったのか。そういえば、あのときの子供は助かったのかな？　……助かっていればいいな」

まだ二十歳だ。やりたいことは山ほどある。大学だって卒業したかった。

卒業したら……そこで思考が止まった。卒業したら何をしたいんだ？　俺は何をしたかったんだ？

「わっかんねえ……」

友人がいたのは分かる。だが家族はいたのだろうか。忘れてしまいたいような家族だったらやるせないが、そうでないなら少しでいいから思い出したい。

「俺は、自分が望んだわけじゃないのにここにいる」

言ってから口元を歪めて小さく笑う。

まるで反抗期の中学生じゃないか。

涙が出てきた。

優しくしてくれる人はいるが、だからといって現状をすべて受け入れることはできない。

「死にたくなかったな」

道路に飛び出した子供を見たときは、「自分は死ぬかも」なんて考えなかった。ただただ、子供を助けたいと思った。それだけだ。

天使のような翼なんていらないから、元の世界に戻りたいと思った。

でもそれが不可能なのも知っている。

だから今は、泣くしかなかった。


「はー……」

風呂から上がり、タンクトップと下着だけの恰好のまま、室内履きでキッチンに行く。

独り者にはもったいないほどの立派なキッチンに気おされつつ、大きな冷蔵庫のドアを開ける。中には様々な飲み物が入っていた。きっとこれは駿壱の心遣いだ。ありがたい。

司は、彼のありがたさに鼻の奥をツンとさせて、ミネラルウオーターのペットボトルを一本取り出す。

乱暴にキャップを開けて、飲みながらキッチンから出たらテレビがついていた。

「え？」

しかもソファには、駿壱と言い争いをしていた周令が座っている。というかふんぞり返っているようにしか見えない。とにかく偉そうだ。最初に見たときと同じ私服のままだったので、今日は非番なのだろうか。

「長湯だったな」

「ええと……周令、さん？」

振り返ったクールビューティーの目つきはやはりブリザード並みの冷ややかさで、司は風呂上がりなのにもう一度風呂に入りたくなった。

「……どうやってここに」

「俺はフロアリーダーで、この階の部屋には入り放題だ。だがそうそう入らない。大事《おおごと》のときだけだ」

ということは、この部屋に入ることが大事だと？

せめて今夜はゆっくり気持ちを落ち着かせたかったのに、なんだろうこの人は。

それが態度に出ていたのか、周令は「駿壱と騒いでいる姿を見せて申し訳なかった」と、無断侵入の割に礼儀正しく頭を下げた。

「いえ、その……」

「こっちに来てくれないか？」

用意されていたパジャマに着替えようかと思ったが、男同士だしこの恰好でもいいか。司はそう思って、ミネラルウオーターのペットボトルを片方の手に持って周令の左側に腰を下ろす。

「その赤茶けた髪の色、夕焼けのようで俺は好きだ」

「俺はあまり好きじゃない……ような気がする。なんだろうな、自分のことがよく分からない。でも、周令さんが好きだと言ってくれるのは嬉しい」

すると周令は目をいっそう細めて微笑んだ。

花の蕾がほころぶような、そんな微笑みだった。

司はなんだか照れくさくなって、慌ててそっぽを向いた。

「お前がここに来ると知って、少々取り乱していたようだ。だからあんな恥ずかしい姿を見せた。だが今は違う。今のこの冷静な俺ならば、お前は俺のことを思い出すだろうと思った」

最高の微笑みを浮かべながら、この人は何を言っているんだろう。思い出すも何も、俺はあなたに会うのは……今日が初めてだよ？

司はぱしぱしと何度か瞬きをして「周令さん？」と首を傾げる。

「違う。俺のことは呼び捨てだ」

「いやいやいや、俺は新人なのでみんなのことはさん付けで呼ばせてほしい」

「……司」

「なんですか？」

「俺を目の当たりにして、何も思い出さないのか？　人間のときに施した術ならば、一度死ねばそこで終わりだろうに。どうしてお前は俺を思い出さないんだ？」

ほころんだはずの蕾が、堅い蕾に戻ってしまった。

司は眉間に皺を寄せて困惑する。

「あの、俺は人間の頃の自分の記憶が曖昧なので、知り合っていたらごめんなさい。でもまたここで……」

「はっ！　知り合っていたらだと……？　くっそ！　俺はお前の口からそんな言葉を聞くためにここに来たんじゃない！　なんで？　この俺がわざわざ会いに来たのに！」

勢い余って立ち上がった周令に、司は「ひとまず落ち着いて、水でも飲んで」と自分の水を彼の両手に握らせた。

周令はためらいながらもペットボトルにおずおずと口をつけて、一気にミネラルウオーターを飲み干す。

「…………すまない。今日の俺はどうかしている。本当に言いたいことは他にあるのに、怒ってばかりで……どうしようもない男だ……」

今度は両手で顔を覆って俯いた。

気性が激しいのはよく分かった。だがすぐに己を改めるところはいいと思う。

「…………周、令」

さん付けはせずに、囁くように呼んでやると「何」と返事があった。

「周令のことを覚えてないんだ。ごめんなさい。だから友達になってくれ。俺はここに来て、知り合いは駿壱さんしかいないいんだ」

「…………友達じゃないし」

拗ねた声に、思わず困り顔で笑ってしまう。

外見だけなら結構な年上に見えるのに、言動は子供と一緒だ。

「友達じゃなかったら、どうすればいいんだ？」

「……いや、最初は友達かもしれない。お前は俺を天使と呼んだ」

周令が顔を上げて司を一瞥する。

「今でも十分天使じゃないか。黒髪は艶々だし、綺麗な顔だ。きっととても立派な翼を持っているんだろう？」

褒めれば褒めるほど、周令は顔を上げた。

「ほら、綺麗な顔。まるで牡丹の花のようだ」

黒髪に切れ長の目から連想した花は、確かに周令に似合っている。

「お前はいつもそうだ。俺を喜ばせて気持ちよくさせる」

蕾がほころび、今度こそ大輪の花が咲いた。

美しい笑顔だ。

いつもこんな風に笑っていればいいのにな、と思う。

「機嫌が直ったようだから……その、俺と友達になってくれるか？」

「それはそれ、これはこれ。友達じゃない」

「そんな拗ねられても困る。話がこれで終わりなら、俺は寝ます。帰ってください。明日から駿壱さんと一緒に研修なので」

「待て！　ちょっと待て！　頼むから待て待てっ！　俺はお前と喧嘩をしたいわけではな

いんだ！」

周令は大声を出してから「少しだけ時間が欲しい」と言って深呼吸をした。

「いいですけど……」

司は視線をテレビに移した。

人間界と同じ番組がやっている。そうだ、このサスペンスドラマは面白くて毎週続きを楽しみにしていたんだっけ。

「司」

「うん、ちょっと待って。この番組が終わるまで、あと少しで犯人が分かるんだ」

「その番組なら見逃し放送をしてるから大丈夫だ。今は俺に集中しろ」

え？　そんなところまで人間界と同じなの？　と驚いてから、仁王立ちしている周令を見上げた。

「気が散るから、テレビ……消す」

周令がリモコンを掴んでテレビの電源を落とす。そして改めて司を見つめる。

「育ったな。初めて会った頃はもっと子供だった」

「覚えてなくて……」

「今は覚えてなくても、きっとそのうち思い出す。というか、俺と再会した奇跡から思い出すことがあってもいいと思う」

大きな両手でそっと頬を包まれる。

その温かさを知っているような知らないような、なんとも言えない気分になった。

「駿壱さんが、俺は間違えて死んで局員になった最初の人間だから、記憶に関してもいろいろトラブルがあるんだろうって……」

「俺の顔を見ても思い出さない？　この翼を見ても？」

周令の背に大きな白い翼が現れる。翼がゆったりと羽ばたいた。

「天使みたいに立派な翼だ」

「そう。お前は俺を天使と間違えた」

「……忘れててごめん。本当に何も思い出せないんだ。だから、ここで改めて友達になってくれればいいかなって」

「いや、だからそれは……んー…………」

周令は眉間に皺を作ってひとしきり悩んでから、何か閃いたのか笑顔になった。

なんとなく嫌な予感がするが、仕方ないから聞いてやる。

「いい考えでも浮かんだ？」

「だったら、司が思い出せるようにいろいろ試してもいいか？」

「ご、拷問……」

「違う！　誰がそんなことをするか！　俺が考えたのは」

その先は、言葉ではなく態度で示された。

周令の唇が司の唇に触れたのだ。

「ひゃあ！」

「……悲鳴を上げられると、結構傷つくんだが」

「だって！　俺のキス！　初めてなのに！　死んでからファーストキスを体験するとか、ほんと……なんなんだよ！」

顔が熱い。こんな熱いのは熱中症で倒れたとき以来だ。顔は絶対に真っ赤になっている。

こんな顔、他人に見られたくない。今すぐ布団の中に潜り込みたい。

なのに周令は至って冷静に「初めてじゃないぞ」と突っ込みを入れた。

「せっかく魂管理局で第二の生を送れるっていうのに、肝心の俺を忘れているなんて最悪だと思わないか？」

「だからさっきから、友達になってくれって言ってるじゃないか。俺の話を聞いてくれよ先輩……っ！」

「辛くて聞けない」

今にも生を終えそうなか細い声を出して、周令が司を抱きしめる。

司は最初どうしようかと思ったが、彼の背に腕を回してよしよしと撫でてやった。

「なんで死んだんだ。お前は絶対に長生きすると思ったのに……俺がどれだけ願ったと思っているんだ」

「俺だって……死ぬなんて思ってなかったよ……」

「よし。今から大事なことを言うぞ」

周令が不機嫌そうな顔を上げ、司と視線を交える。

「俺のありったけの気持ちをすべて忘れるなんて許せないし、だからといってお友達から始めましょうも無理だ。だから」

「だから？」

「もっといろいろ試す」

勢いよくソファに押し倒された。

目の前には、周令の切羽詰まった顔がある。

人間界での自分のことをよく覚えていないのは司のせいではない。けれど周令の顔を見ていると罪悪感が湧いてくる。

「今度は悲鳴を上げないでくれ」

キスだ。唇が触れる。だが今度はさっきよりも積極的なキスだ。

子犬みたいに唇を舐められるとこそばゆくて、つい口を開いた。そこから舌が入って来る。他人の舌の感触は意外にも平気だった。

柔らかくて熱くて……それが周令の舌だから平気なのかは知らないが、司はたどたどしく応える。

第二の生初日で、男とキスをするとは思わなかったが、もう人間じゃないからこだわらなくていいのだろうと自分で自分を納得させていたが、だんだん呼吸が苦しくなって顔を背けた。

「……相変わらずキスが下手だな」

「初めてで上手かったらヤバいと思う……っ」

「司はいつでもキスが下手だ。そのままのお前でいてくれ」

「待って。そういう、俺を知っている前提で話を進めないでくれ。俺は周令のことを知らないのにそんなことを言われると、どうしていいか分からない……」

　周令が目を見開いた。

　そして首を左右に振る。

「俺は、そういうつもりではない。傷ついたか？　だったら謝るから許せ」

「そういう謝り方は……ちょっと……」

「司なら許してくれると思ったんだ」

「だから、今の俺は、周令さんに対して『お友達からお願いします』なんだってば！」

　俺の話をもう少し聞いてくれ。

　とがめるような視線を向けてくる周令を睨みながら、司は小さなため息をつく。

「俺がいるのにため息なんてつくな。仕方ないからお友達から始める。だが、恋人前提のお友達だ」

「はい？」

「お付き合いしている途中で、絶対に俺のことを思い出すだろう」

　そこまで言うほど、俺とあんたは深い付き合いだったのか？　だったら逆に、なんで忘れてるんだ俺は。些細なトラブルじゃないよな、これは。もしかして最悪じゃないか？　こんなに好かれているのに忘れているなんて……あとで絶対に駿壱さんに尋ねよう。

と決意をしていたら、いきなり股間を撫でられて体が硬直する。

「な、何、何を……っ！」

「いや、もっとこう、直接的なことをしたら俺を思い出すんじゃないかと思って。……気持ちいいだろう？」

小さな翼を持った新しい体は、まるで人間のときと同じように感じた。もっとも司はセックスの経験がないまま死んだので、自慰の感覚しか知らないが。

下着越しに陰茎を擦られて、痺れるような快感が尾てい骨から背筋へと移動していく。

「あ」

「あれから四年も経っているから、お前はもう大人の顔で感じるんだな」

やめてくれ。背中に真っ白な翼を生やしたまま、俺の体にいやらしいことをするな。天使はそんなことしないんだから。

司は自分がアンダーウエアしか身につけていないことを後悔した。

下着越しにゆるゆると弄られて、下着に染みが広がっていく。

「あ……っ、くっそ……っ、なんでこんな気持ちいいんだよ……っ、あ、あ……っ」

「大人の顔でも可愛い。司、可愛い。もっと可愛い顔を見せてくれ」

「俺の顔を見たって……逆に萎えるだけだ……って、パンツ脱がすなよっ！　なんだよ！　そんな綺麗な翼があっても中身は変態かっ！」

「邪魔だから脱がしただけだ。俺は変態じゃない。司を可愛がってやりたいだけだ。自分で言うのもなんだが勉強熱心なので、お前の元を去ってからの四年間、独学で努力した」

独学って……っ！

大声で突っ込みを入れてやりたかったが、膝を掴まれて大きく脚を広げられたので股間を隠す方に重点を置いた。

「いきなり！　やめろ！　しかも、こんな明るいのに！」

「明るくないとお前の顔がちゃんと見られないだろう？　四年も会ってなかったんだから、大人の司の顔をよく見せてくれ！」

「だったら昼間見ればいいじゃないか！　こ、こんなときに……っ、俺の顔が見たいだなんて、周令さんはそういう趣味なのかっ！」

するとと周令は「いや、そんなことは……俺は至って普通の趣味で……」と真面目に考え始める。

司としては、この場を乗り切るだけのたいした意味もない言葉だったのに、そんな真剣に考えられると逆に困った。

「いや、あの……俺は、やったことないけど、どうせセックスするならベッドでしたい派で、明かりはできれば間接照明だけの方がムードがあっていいんじゃないかと、そう思っているだけです。そこまで真剣に考えられても……」

「いつでもどこでもお前を可愛がってやっていたし、初めてセックスしたのは外だったから、何がどう『そういう趣味』なのか分からなくて。まず、一度も拒まれたことないし」

「あああああっ！　そういうことをわざわざ声に出すな――っ！」

そんな常にアウトドア指向の自分なんて知らない。俺の知らない俺のことを真顔で語らないでくれっ！　恥ずかしくて死ぬっ！　もう一回死ぬからっ！

司は腹に力を入れて怒鳴ってから、力任せに腕を払って周令から逃れる。

広いワンルームなので、ドアのある場所はトイレかバスルームだけ。だったらトイレに籠城してやると、司は早足でトイレに向かったが――。

「待て、待て待て、司」

「うわっ！」

素早く周令に抱き上げられてしまった。

この体勢はプリンセスホールド。俗に言う「お姫様だっこ」で、女子ならともかく自分がされると非常に気恥ずかしい。

「お、下ろせ。下ろせ……俺はこんなひ弱じゃない……っ」

「分かってる。大人の司は立派な体躯だ。ただ、俺の方がお前より背が高くて立派な体躯をしているというだけだ。ベッドに行けばいいんだな？　よく分かった！」

「だからっていきなりセックスすんなよ！　俺たちはまだお友達だろ！　恋人前提は前提であって確定じゃないぞっ！　お友達とはセックスしないっ！」

「それは安心しろ」

ベッドに下ろされたまではいいが、肩を掴まれて起き上がれない。

この状態で何を安心しろと？

司は苛立ちを隠さずに周令を睨んだ。

「いきなり突っ込んだら俺も楽しくない。挿入行為は恋人になってから」

「今更ながら……再確認だ。魂管理局は恋愛やセックスに性別は関係ないのか……」

「当たり前だ。相手を想う気持ちが最優先される。虎先輩と鹿先輩など、素晴らしい恋人同士だし、パンダ先輩の恋人は人間タイプの局員だ。仲むつまじい」

「……そもそもこの世界は、姿形にこだわる局員はいないということなのか？」

「そうだよ。あとで駿壱に詳しく聞くといい。今は、お前を可愛がらせてくれ。もう我慢できない」

可愛がらせてくれ、だなんて。まるで可愛い恋人に言うような言葉だし、妙にエロい。

「そういうのは、よく分からないから……その、お手柔らかに頼む」

いきなり挿入そして大惨事は避けられた安堵からか、つい、オッケーしてしまった。

何をお手柔らかにだ？　俺っ！　つか、ここは宥めて帰ってもらうのが正解だろ！

心の中で何度も「俺のバカ」と自分を罵りながら周令を見上げると、彼は頬を染めて照れくさそうに微笑んでいる。胸の奥で何かが「きゅん」と鳴った。

思わず「可愛い顔」と言ったら、むっとした顔になって「可愛くない」と言い返される。こういうところが可愛いんだけどなと思ったが、言ったら最後、終わりのない言い争いに発展しそうだったので堪えた。

「ベッドに連れて来てやったのだから、部屋の明るさは俺の意見を尊重してくれ」

「え……？」

「可愛い司が見たいんだ」

「あの……」

脚の間に周令が体を割り込ませてくる。その分、脚が左右に開いた。だがまだ両手は股間を隠している。

「司、手をどけて。大人になったお前を全部見せてくれ」

いきなり左耳元で囁かれて「ひゃっ」と変な声が出た。恥ずかしいしみっともない。

「可愛い」

こんなみっともない声に何を言うかと思っていたら、今度は耳朶を甘噛みされる。優しく食んで吸われ、舐められる。ただそれだけの行為なのに、稲妻のような快感に体を貫かれた。周令が耳をねぶる音で脳内が侵される。

左耳だけではない。

右耳は指で撫でられてくすぐられては、そっと引っ張られた。手のひら全体を使って右耳だけを執拗に撫で回されると勝手に腰が浮いた。

「あ、あーあーあーあー……っ！」

自分の声のはずなのにやけに甲高い。

食まれ、噛まれるたびに腰が浮き、揺れ動く。

股間を隠している手のひらが先走りで濡れて滑った。

「ああ、ようやく司の全部が見えた。あの頃はまだ愛らしかったが、今は硬く大きくいやらしく育っているな」

自分の陰茎を見つめられているのに、優しく囁かれて感じてしまう。

「ペニスだけでなく玉も育っている。お前が腰を揺らすたびに性器も一緒にぷるぷると揺れて、いやらしくて可愛い。ここからどれだけの精液が溢れ出てくるのか楽しみだ」

「あ、あ……っ」

耳元で嬉しそうに囁かれる。

耳がこんなに感じるなんて知らなかった。俺の体はどうなっちゃうんだ？　ちんこは勃ちっぱなしだし、オナってもこんなどろどろになったりしない。周令さんに見られてるだけで、気持ちよくて、ヤバい……っ。

先走りが次から次へと溢れてきて、陰茎だけでなく陰嚢や会陰も濡らしていく。尻がひやりとしたのでシーツまで伝い流れたのが分かった。

「こんなとろとろに濡らすほど感じてくれるなんて嬉しい。大人の司は、耳だけで射精できるか？」

「それは……っ、無理、やだ、耳だけじゃ……いやだ……っ、だめ」

直接刺激を受けなければ射精などできるはずがない。司は首を左右に振って、自分の右手で陰茎を掴んだ。

「俺に自慰を見せてくれるなんて嬉しい。大人のお前は、果てるときにどんな表情を見せてくれるんだ？」

ああ、耳を弄りながら言わないでくれ。も、頭の中が真っ白になって……っ。

絶頂を目指して扱くと信じられないほどの先走りが尿道から飛び散り、ぐちゅぐちゅと恥ずかしい音を立てる。

「あ、あ、あ、やだっ、音、恥ずかしいのに……っ、こんな音立てて、俺……っ」

「そうやって恥ずかしがるところは昔と変わらない。恥ずかしい方が気持ちいいだろう？ほら司。射精するときの顔を俺に見せて」

扱く右手に、周令の右手が添えられた。

二人がかりで扱かれた陰茎は瞬く間に上り詰め、司はいともたやすく絶頂する。

「ああっ！　出る、出るっ、出るから……っ、俺、出るぅ……っ！」

司は足にぐっと力を入れたまま腰を浮かし、射精した。

胸にまで精液が飛び散るが、もったりと濃い。

二人で抜くのがこんなに気持ちがいいなんて。俺、ハマりそうで怖い。気持ちよかった。

……あれ？　この体、賢者タイムが来ないぞ？

人間のときは、射精したあとに我に返る時間が確かにあった。

司は自慰しか覚えがないが、射精後は「スン……」と冷静になり、しかめっ面で後始末をしたものだ。

それがないということは。

「最高にいい顔だった。大人になると艶やかさが増すんだな。司の絶頂の顔は誰にも見せない。俺だけのものだ。脳裏に焼きつけたいから、もう一度見せてくれ。今度は、俺と一緒に……」

「……へ？　一緒って……？　ちょっと待って……っ！」

「俺も辛い。分かるだろ？」

分かりますとも。ああもう仕方ねえなあ！

司は「気持ちよくなるなら、いいよ」と言って目を閉じた。

「こうしてまたお前に触れられるなんて……凄く嬉しい」

「それならいいけど、あのさ、この新しい体……賢者タイムが来ないんだけど……」

達したばかりでそうそう勃たないはずの陰茎が、覆い被さって来た周令の陰茎で擦られて硬くなっている。

自分の先走りが周令の先走りと混ざり合って、下腹が蕩けて熱くもどかしい。

「もう黙れ」

「でもさ……」

言い返そうとしたら陰茎を刺激された。

今にも射精してしまいそうなくらい勃起する。この体はもしかしたら、快感を長い間楽しめるようにできているのか。

駿壱に聞くことが増えた。話を聞いた彼が、どんな表情を浮かべるのかたやすく想像できたが、自分はどんな顔で言えばいいのか悩むところだ。

「司、何を考えている？　俺と一緒にいるんだから俺に集中しろ」

「ごめん。はい、お願いします」

「その言い方」

「じゃあなんて言えばいいんだよ……」

「だから黙っていろ」

そう言って、周令が噛みつくようにキスをしてきた。

とりあえず司も、見よう見まねでキスに応じる。

そういえば、周令のキスは最初から気持ちがよかった。

「違う世界」と「新しい体」という二つの要因が、司の心を徐々に自由にしているのだろう。人間界ではこうはならない。

「司、俺の大事な司」

周令の低く掠れた声が胸に響く。

忘れててごめんなさい。でもここで会えたんだから、またやり直そう？　な？

司はぎこちなく周令の背に腕を回し、「気持ちいい」と言った。

◆

目覚ましもなく起きられたのは、普段の規則正しい生活のおかげだ。

司はゆっくりと体を起こし、ベッドの上に正座する。

昨日散々一緒にいたはずの周令はいなかった。

シーツは真新しい物に変えられていたが、使用済みの物が床に丸めてある。これは自分で洗濯するのか、それともクリーニングに出すのがここでの「普通」なのか。

ベッドから出てシャワーを浴びて、新しいアンダーウエアに着替えてバスルームを出たら、駿壱がいた。彼はキッチンカウンターに何かが入ったプラスチック容器を置いている。

「おはよう。勝手に入って来てすまない。実は昨日、携帯電話を渡すのを忘れてしまったんだ。だから、朝飯も用意して早めに来てみたんだけど」

ぱりっとしたスーツと爽やかな笑顔の駿壱を見て、「ああそうだ、俺は魂管理局にいるんだ」と再確認した。

「ありがとうございます。その、朝飯も嬉しい」

「おにぎりを握ってみた。具は鮭と梅干しなんだが大丈夫？　俺が育てた子たちは梅干しだけは嫌いなんだ」

「俺はどっちも好きです。というか、ここで手作りおにぎりが食べられると思わなかった。嬉しいです。今、お湯を沸かすので……」

「もう沸かしておいた。この部屋、ソファがあるのはいいけど、食事用のテーブルと椅子がないね。今日はそれもついでに見に行こう。それと」

まるで自分の部屋のようにてきぱきと動いていた駿壱が、ソファ前のコーヒーテーブルに皿を並べたところで突如動きを止める。

「駿壱さん？」

「あー……ええと……、もしかして昨日、周令が来た？」

「あ」

駿壱の目線が、丸まったシーツ類に釘付けになっていた。

「はい。来ました。いろいろあって、今はいませんけど。シーツや洗濯物は自分で洗った方がいいですか？　バスルームの脱衣所に洗濯機と乾燥機らしき物があったんですが」

隠しても仕方ない。恥ずかしくて顔が熱くなるのが分かったが、こそこそすると余計恥ずかしいので堂々と言った。

「スーツとワイシャツは、絶対にクリーニングだけど、それ以外は好きにしていい。洗濯が面倒な局員は何もかもクリーニングだ。ただし部屋の掃除は自分でやってね」

「クリーニング店。人間界と同じ感覚でいいんですか？」

「そうだね。クリーニングに関しては今も地上ルートを使って人間界でお願いしているんだよ」

「分かりました」

「今はまず、味噌汁が冷めないうちに朝食を食べてくれ」

駿壱の言葉に、司は急に腹が鳴った。

ワイシャツに染みをつけたら嫌なので、まずはTシャツとスウェットに着替えてソファに腰を下ろす。

たいしたものではないがと言いつつ、コーヒーテーブルに並べられたのはキュウリの浅漬けとだし巻き卵、昆布の佃煮。そして今、保温ポットから豆腐とわかめの味噌汁がマグカップに注がれる。

「美味しそうだなあ……死んでまたおにぎりが食べられるとは思わなかった。凄く嬉しいです。和食は最高ですよね」

マグカップの味噌汁を味わいながら、司はいい気分になった。

おにぎりも強く握りすぎずに口の中でいい感じにほぐれていく。この人は毎日朝食を作り、あのど派手な次期局長候補と仲良く食べているんだろう。いいな、そういうの。

思わず「ふふ」と笑ったら、「お？　どうした？」と首を傾げられた。

「いや。駿壱さんは局長候補と仲良くていいなーって。俺は自分の記憶はほぼないってのに、なんで忘れたと怒られるばかりで……。お友達から始めましょうって言っても嫌だって言われました。最終的にはオッケーしてくれた感じですが。周令さんって外見はクールビューティーなのに、実は幼稚園児では？」

駿壱が飲んでいたお茶を噴いた。

「あ、ごめんなさい。でもそう思いませんか？　強引で我が儘で、なのにしょんぼりした顔を見せられると……放っておけないんです。俺がお世話しなくちゃって気持ちになってしまう」

自分と同じように人間から局員になった駿壱ならば分かるだろうと、「園児」と言ってみたが、思いの外ツボだったようだ。

まだ咳き込んでいる。

「あと、その、あの………まだ咳き込んでいるところ申し訳ないんですが、この体は、その、エッチなことをしても賢者タイムが発生しないんですね……」

駿壱の咳がぴたりと治まった。彼は気まずそうな顔で「そうだな」と頷く。

「俺は、由を育てていた二十三歳の頃の外見で局員になったが、最初は若いから賢者タイムが来ないのかと思っていたんだが、半年ぐらいで若いからじゃないということに気づいた。この体は高性能だから……ははは」

「やっぱりそうか……。凄い体験でした……周令さんは凄かった。起きたときにはどっかに行ってたけど」

普通なら、朝までいるもんじゃないか？「昨日はいろいろあったが、改めて、俺とお友達から交際してくれ」と言ってくれればよかったのに、目が覚めたらいないなんて。俺はあの人のことを思い出さないから、友達になることもできないのかな……。

思ったことを口に出さないだけで、表情には出ていたようだ。

向かいに腰を下ろしている駿壱に「変な顔をしてる」と突っ込みを入れられた。

「あの人が何を考えているのか分からなくて」

「実は照れ屋なのかもしれない。あの人は、たとえば動物を助けても『俺はそんなことしてないし』って否定するタイプだから」

「へえ……」

「ツンツンしている割には、面倒見がいいそうだ。周令の同期で彼を嫌う局員はいないと聞いた。後輩は怖がっているみたいだけど」

昨日の行為からは想像しにくいけれど、周令が仲間から好かれている話を聞くと白分もなんだか嬉しくなる。

「話が通じない我が儘なヤツと思っていたけど、そうか、そうなのか……。だったら俺の面倒も最後までちゃんと見ろよ。添い寝して、目が覚めた俺に『おはよう、司』ぐらい言えってんだ」

「そうだなあ。でもまあ、司が怖い目に遭っていなくてよかった」

「そういうことに関しては紳士というか……対応はよかったです。はい」

さすがに内容までは言えないが、司の表情から何かを読み取ったのか、駿壱は乾いた笑い声を上げた。

「周令も局員として生を受けて二十年だ。もともと優秀なところに努力を重ねて技術を磨いたんだろう。全くあいつは……」

二十歳……とは？

司は、お茶を淹れ直している駿壱に「周令さんが二十歳ですか？」と尋ねた。

「そうだよ」

「あの外見は二十代後半でしょ。前髪を上げているからもう少し年取って見えるかもしれないけど、綺麗であることには変わりない。満月をバックにして剣を抜いたらめっちゃカッコイイと思う！」

「何歳設定にしているかは、あとで本人に聞くといいよ。持って生まれた顔を弄ることはできないが、外見は好きな年齢にできるんだ。わざわざ年寄りにする者はいないがね。大体、十代後半から二十代の外見だ」

「そうなんだ……。俺は……今のままでいいや」

自分が年を取るのは想像つかないので、享年が外見で問題ない。

司はおにぎりとだし巻き卵を交互に口に入れながら、駿壱の説明を聞いた。

「局員は人間とは違う成長をする。信じられないほど早い。そして個性的な者ばかりだ。人間界で研修を行ったあとに、晴れて魂管理局の局員になる」

「へえ……」

「生まれて十五年から二十年の間に研修がある。司はイレギュラーだから、俺がマンツーマンで教えることになる。一緒に頑張ろうな？」

「はい。俺も……どうせなら魂撃滅課に入りたいので頑張ります」

彼らには地上で悪霊を退治するイメージがあるが、多分間違ってないと思う。

司は、武器を持って戦うスーパーヒーローに思いをはせた。

「大丈夫じゃないかな。そうでなかったら俺が司の指導をする意味がない」

「希望の部署に就けるのか……！　ますます頑張ろう！　ところで武器は？　武器は持ちます？」

司は両手で剣を持つ仕草をして尋ねる。

「持つよ。それに関してはおいおい話そう。まずは、この世界の仕組みを説明することが先だ。今日は魂管理局本部を見学する」

「はい！」

「今改めて見ると、この風景って品川駅の東口に似てる……」

司は、黒スーツに黒ネクタイという「人間界なら葬式だ」という恰好で魂管理局本部を見上げた。

「俺も最初にそう思った。やっぱりそうだよな。似てるよな。でも内部は全く違うんだよ」

「どんなところか楽しみです」

「事務方は、司が最初にいた場所だからたいしたことはない。凄いのは『新生課』かな。初めて見たときに思わず声が出た」

のんびり語っていた駿壱が「翼を出して」と言って、今まですっかりしまい込んでいた翼を本部正門で大きく広げた。

「え？　はい？　翼、翼……っ！」

翼はいい感じに背中に現れてくれたが、彼と同じようには翼が広がらない。それでも正門は、どこから声を出しているのか「新人指導官・駿壱および該当新人司。二名認証」と声を響かせた。

「これを、『翼認証』という。家のカギのようなものだと思ってくれればいい。認証されたから、本部の中の殆どを自由に行き来できる。住まいのカードキーはもう必要ない。ドアの前で翼を広げればいい」

「おおおー……こんな小さな翼でも認証してくれるんだ。よかった」

「勝手に入れないのは局長と副局長の部屋などの俺たちに関係のない部屋だけだ。こっちに来て」

廊下を歩いてしばらくすると、壁がガラス張りの部署があった。

パーティションで区切られたデスクにはパソコンやプリンターが置かれている。パーティションには恋人や友人たちらしき写真が飾られて、キーボードの横には菓子の小さな袋が置かれている。小さなぬいぐるみを飾ってあるモニターもあった。

コーヒータンブラーを手にプリントアウトされた書類を見ている者や、今まさに必死に打ち込みしている者もいた。

「おおー……事務だ。テレビでよく見る会社の事務作業だ……」

「ここは見学用にわざとガラス張りにしているんだ。見られていると真面目になるけど、中に入って来られると気が散るんだって」

「そうなんだ！　じろじろ見るのは失礼かと思ったんだけど……」

気がつくと、動物の姿もあった。動物も局員らしく、書類を口にくわえて堂々と歩いていた。

時折鳥が飛んで来て該当デスクに書類を落としていく様は、ファンタジー映画のようだった。

「彼らの仕事のおかげで、俺たちの仕事……空の撃滅もスムーズに行えるんだ。たまに、人間界に出張してるんだよ。最新のマップを作成するためにね」

最新マップの作成なんてゲームみたいだ。でも、この人たちが人間界の魂をアレコレする仕事をしているから、俺もこうしてここにいるわけで……。

死んでまだ二日目。局員としての実感が今一つ湧かないままだが、それでも、第二の生を過ごすために働く場所を見る。

「今度はこっちだ。『清浄課』を見れば局員としての自覚が出てくると思うよ」

駿壱が突き当たりのエレベーター前で上昇ボタンを押した。

◆

人間界での最後の研修が始まる。

これが終われば、正式に魂管理局局員だ。

周令は「魂撃滅課」を希望している。通称「空狩り」と呼ばれるこの部署は局の花形で、少数精鋭で世界中の空を狩っていた。

四人の指導官の一人である由は「次期局長候補」の最有力者で「空狩り」のエースでもある。そんな彼が「お前は大丈夫だとは思うがヘマするなよ」と、周令にだけこっそりと声をかけてくれるのが嬉しかった。

今まで以上に勉学と武器の訓練に励もうと思った。

「今年の研修者は二十人か。では、必ず守らなければならないことを言っておくね。局の規則は絶対だ」

由が、星がキラキラと零れ落ちるような笑みを浮かべて研修者たちを見渡した。

「指導官は、俺を含めて四名だ。疑問でも意見でも不満でも弱音でもいい、この研修中になんでも指導官に言っておきなさい。ストレスを溜めたままでは研修も楽しくないから」

研修者がみなそれぞれ頷く。

周令も頷いた。

「人間に姿を見られてはいけない。『空狩り』をする場合は結界を張って、俺たちの姿を見えないようにする。希に勘の鋭い人間に見られる場合もあるが、そのときは天使を装うこと。それで問題ない」

「それでいいのか？」と研修者たちがざわつくが、他の指導官たちは軽く頷いている。

「一番手っ取り早いんだよ。言葉が分からない振りをして笑顔のまま飛んでしまえば人間の方で勝手に誤解してくれる。絵画の才能がある人間がそれを描いて宗教画にした。ちらちら見られることは昔からあった。だから翼の色に関係なく天使の振り。分かったね？」

周令は他の研修者と同じように頷きながら「とにかく人間に見られなければいいんだよな」と心の中で思った。

「魂管理局で生まれた魂が、どのように受肉して人間となっていくかを観察すること。空がどのように発生するかを覚えること。そして空との戦い方を学ぶこと。これが君たちの研修内容だ」

研修内容は毎回違うと聞いていたので、以前とどう違うのか、優しいのか難しいのか分からないが、最後まで研修者みんなで力を合わせて頑張ろう。友人は大事だ。

仲間たちもそう思っていたようで、みんな顔を合わせてそれぞれ拳を握りしめる。

「仲がいいのはいいことだ。お互いにフォローし全員無事に研修を終わらせてくれ」

不穏な言葉に、思わず周令は挙手していた。

「はい、周令」

由が笑顔で「どうした？」と首を傾げる。

「無事じゃない場合もあるということですか？」

「そうだよ。気を引きしめなければ空に食われる。空は生まれ変わることができない人間の魂で、とても危険なものだ」

周令は「空に食われたら俺たちはどうなるんですか？」とは恐ろしくて聞けなかった。

「まあ、俺たち指導官がそんなことはさせないから安心しなさい。とにかく君たちは、研修中は人間に姿を見られないようにする。これを心がけておけばいい」

だったら怖いことは言わないでほしかった。

周令は渋い表情を浮かべて指導官たちを見るが、彼らは暢気に緩い笑顔を浮かべた。

世界中を回った。

研修は五人一組で行われ、夜空の飛び方や空の見つけ方を学び、人間たちを観察した。

最終研修地である日本では「今までは五人一組だったけど、ここでは単独行動だ」と言われた。

◆

行動範囲を決められて、その範囲内で空と戦い、人間を観察する。

期間は一ヶ月。

湿気があって少々蒸し暑いが、これは日本の「梅雨」という季節らしい。

『翼を隠して人間らしく振る舞って、人に紛れて生活をすること。そして、空を狩るときは結界を張る。その際は局員としての姿を人間に見られてはいけない』

最初は「空は指導官がおびき寄せた。指導官の張った結界の中で空を倒せ」。

次は「空は指導官がおびき寄せた。結界は自分たちで張って倒せ」。

そのうち「翼をしまい昼間の町を歩く」「人間に慣れろ」などのミッションが加わった。

どんどん内容が複雑になり、最終的にこれだ。

人間として暮らす。

結界を一人でちゃんと張る。

翼を出しているときの姿を人間に見られるな。

……つまり、これらを守って一ヶ月暮らす。

「人間に紛れて暮らせるのかな」

すでに住まいの住所は、支給されたスマートフォンの中に入っている。地図アプリを起動すれば新居の位置が分かるようになっていた。

周令は翼を広げたまま高層ビルの屋上から、自分の住まいがある方角を見下ろす。

「単独行動は緊張するが、一人でも責任ある仕事を成し遂げられるようにならなければ」

「そうだね。お前ならやり遂げるだろう」

隣に由が現れた。

連絡だけでなく顔まで見せてくれるのは嬉しいが、指導官は一人で五名を預かる。こんな風に自分のところにいて大丈夫なのだろうかと少し心配になった。

それが表情に出ていたのか、由が小さく笑う。

「大丈夫だ。みんなのことはちゃんと把握している。ピンチのときには駆けつけるよ」

「…………すみません」

「ははは。気にしない気にしない。俺は俺で、ちょっと用事があったから」

「用事？」

「そう。俺の大事な人が早く死んでくれないかなって様子を見に行ってたんだ。ここに来たのはそのついでだ。会うことは禁止されているから、こっそりと覗きにね」

それは笑顔で言うことだろうか……と眉間に皺が寄ったが、そういえばこの人の養い親は人間だったなと思い出す。

局でも初めての試みという話で、由が局に戻ったときは大騒ぎだった。

「俺には……まだそういう相手がいないのでよく分かりませんが」

「うん」

「いつか俺にも、大事な相手ができればいいなと思います」

長い長い寿命を共に過ごせる相手がいたら、それはきっと素晴らしいに違いない。

「頑張れ。君のような仲間思いの研修者はそういない。きっといいパートナーができるだろう」

仲間たちから何か話を聞いたのだろうか。

周令は照れくさくなって「そんなことないです！」と大声を出した。

「ロンドンでの夜、君が結界を素早く張ったおかげで、仲間が人間に見られることがなかった。イタリアでは緊張して動けなくなった仲間を守って戦ったそうだね。みな、周令がいてくれると心強いと、それは誇らしげに言っていたよ」

そんなことはない。

あのときはただ一生懸命で、仲間が怪我をしたり辛い目に遭うのが嫌で闇雲に動いただけだ。俺の方こそ、どれだけ仲間に助けられたか……。なのに、俺のことをそんな風に言ってくれていたなんてとても嬉しい。

嬉しさと感動で胸が熱くなる。

「俺、これからも仲間の信頼に応えられるよう頑張ります……！」

「いい心がけだ。しかし気負いすぎないように。すべて完璧にこなそうとするな。失敗は誰にでもあることだから。肩の力を抜きつつ、ほどよい緊張感を持って一ヶ月を過ごしなさい」

由が笑みを浮かべ、トンと床を蹴って空に舞い上がる。

周令は彼が大きな翼を羽ばたかせて局に戻って行く様子をしばらく見つめた。

アパートの一階角部屋。六畳のワンルーム。コンロが一つの小さなキッチン。そしてユニットバス。家具と家電は備わっていた。

カーテンの隙間から部屋に差し込む月明かりが思いの外明るくて、部屋の明かりをつけるのをためらった。

「ここが、俺の拠点か。一人で生活するのは久しぶりだな」

今までずっと仲間との共同生活だった。

寝るとき意外は常に誰かが喋っていて、静けさを感じることなどなかったが、ここはずいぶんと静かだ。

カーテンを半分ほど開けて外を見ると広い庭があった。

シンボルのような大きな木があり、所々に街灯があってベンチを照らしている。その向こうに公共のものらしい建物があった。

明日になったら付近を散策しよう。レポートを書くにもどこに何があるのか把握しておかなければ始まらない。

周令はそう思ってカーテンを閉めた。

狭いユニットバスの壁に体のあちこちをぶつけながら体を洗い、ドライヤーで髪を乾かして裸のまま部屋の中をうろつく。

作りつけのクローゼットの中には支給品の服が入っていて、そこから下着を一枚掴んで穿いてから、今度は冷蔵庫の中身を確認する。

小さいながらもドアは二つあり、上のドアにはすでに氷ができているアイストレーと、アイスクリームが二つ入っていた。指導官たちからの差し入れだろうか。ふふと笑ってドアを閉め、今度は下のドアを開ける。

肉と野菜、卵、麺類や飲み物が入っている。缶ビールが入っていたのは驚いたが、一ヶ月もここにいるのだから一度ぐらいは飲む機会はあるだろう。

キッチンシンク下のドアを開けると、未開封の調味料と皿とカトラリー、鍋やフライパンがあった。

スマートフォンと一緒に現金の入った財布を渡されたが、まずは冷蔵庫の食材を使って料理を作り、中身を空にしないと使えなさそうな気がする。性格的に。

「明日は……朝はハムエッグとパン。昼にうどん。夜は肉を使ってどうにかしよう。レシピを探さないと」

ノートパソコンが小さなテーブルの上に鎮座している。そこはこれからはダイニングテーブルになり、研修用のデスクにもなり、たまにコーヒーや甘い物を食べるためのカフェテーブルにもなるのだ。

そう思うと、なんの変哲もない折りたたみ式の四角いテーブルが愛しく見えてきた。

「人間の振りをして生きていくのは慣れてきたから、そうだな……一歩踏み出して知り合いでも作ってみようか」

どうせ自分は魂管理局に帰る身だ。親しい友人は必要ない。

顔を合わせれば挨拶をする程度か、カフェでコーヒーでも飲んで世間話をするくらいの、そんな知り合いを作れば、人間をもっと深く知ることができるに違いない。

いい考えだ。

周令は軽く頷いて、「日本の深夜はどんなテレビ番組がやっているのか」とテレビのリモコンを掴んだ。

◆

「その草は食べられないよ」

昼頃に起きて、窓から見えた公園を散策している途中に珍しい花を見つけて顔を近づけたら、背後から声をかけられた。

アジア圏によくある、つるっとさっぱりした顔つきだが、髪はさらりと清潔感がある短髪で、目は大きくてくりっとしていた。背は一六〇センチちょっとぐらいで華奢な体形から、分類でいくと「少年」だ。

「外国の人？　あー……エクスキューズミー……」

「日本語、は、分かる。この花を見たことがないので、香りがするのかと思って顔を近づけたんだ」

すると、Tシャツにジーンズという軽装の少年は何度か瞬きをして「そうか」と笑った。

可愛い顔で笑うんだなと思いながら、自分もついつられて笑う。

「紫陽花、というんですよ。それ。土のpHによって咲く花の色が変わるんです」

「紫陽花……。写真を撮っても大丈夫か？」

「公園に咲いている花だから問題ないと思う」

周令は支給された端末をようやく使うことができると目を輝かせ、「小さい花が集まっているのか……」と呟きながら写真を撮った。葉に小さなカタツムリが乗っていたので、それも一緒に撮る。

魂管理局にはこういうタイプの花は咲いていないので、存在しているだけで新鮮だ。

「あの、俺は高柴司といいます。司って呼び捨てで構いません」

「あ、ああ。俺は周令という。さん付けでも呼び捨てでも好きに呼んでくれ」

「じゃあ、シューレーって呼び捨てで。カッコイイ名前だ。顔に合ってる」

局員は基本美形で、わざわざ容姿を褒め合ったりしないので、こんな風に言われて対応に困った。

スーツを着ているときは前髪を上げているが、黒のプルオーバーに麻のパンツとスリッポンという私服の今は髪を下ろしているので、それが恰好よく見えるのかもしれない。

どんな顔をすればいいのか、どういう対応が正解なのか。

周令は、下手に人間に絡まなければよかった、うかつだったと早くも反省する。

「俺は、あそこの図書館にあるカフェで放課後にバイトしてるんだ。よかったら案内するよ？　シューレー」

人なつこいというか馴れ馴れしいというか、初対面の相手にこんな風に優しくして大丈夫なのだろうか。なんだか心配になってくる。

「図書館行く？　俺んちは留学生を受け入れてるからボランティアとか慣れてるんだ。俺が案内してやるよ」

ああ、なるほどボランティア。だから紫陽花をじっと見ていた俺に声をかけてきたのか。

周令は、司の面倒見のよさに納得する。

「図書館には行きたいが……君は今日は学校は休みなのか？」

「今日は日曜だから大体の高校は休みだ。俺の通う学校も休み」

「あー………そうだった。そういう仕組みだった！」

「ははは。シューレーはどこの国から来たんだ？　外見だけじゃ、カッコイイしか分かんないや」

そんなの考えていなかった……っ！

人として暮らしていくならそういう設定も必要だったと、今頃気づく。

「あー…………イギリスだ。イギリスから来た。祖母が日本人なので、是非とも日本に旅行しようと思ったんだ」

この設定を記憶する。忘れてはならない。そして、これ以上の架空の登場人物は作らないと決意した。

「へー！　俺は外国に行ったことないけど、イギリスはいつか行ってみたいな！」

「そうか」

「食事はまずいって聞くけど、実際食べてみないと分からないから試したいし。貧乏旅行になるだろうけど、外国に行って人生経験を積むのはいいと思うんだ」

「ふむ」

「ほら、あの図書館だよ。大きくて綺麗だろう？　去年改装されたばっかりなんだ」

聞かれてもいないのによく喋るヤツだな。どうせ知り合いになるなら、もっと物静かな人間にすればよかった。この子供は旨いコーヒーをじっくり味わって飲むこともしないんだろう。

周令は司のお喋りに半ばげんなりして、図書館に行くということがすでに義務になっていた。

「俺は十六なんだけどシューレーはいくつ？　外国人はみんな大人っぽいから年が分からないんだ」

「二十六歳」

「うわー……大人だな！」

本当は生まれてから十六年しか経っていない。

局員は人間と成長速度と成熟度が違うし、外見も好みの年齢に固定できる。

だから周令は、「二十六歳」と言った。絶対にこの方が自然だ。

「図書館のカフェは結構居心地がよくて、常連が多いんだ。みんな本を読みながらのんびりコーヒーを飲んでる。シューレーはもしかしてお酒の方が好き？」

「いや。俺は、酒はあまり好きじゃない。コーヒーが好きだ」

「ほんと？　じゃあ、俺が淹れたコーヒーを飲んでくれよ！」

「……バイトが淹れるコーヒーを？」

「あー！　バカにすんなよ？　俺だってちゃんとコーヒーを淹れられるんだぞ！」

いやだから、ちゃんと淹れられるのか？　熱い泥水を飲まされる予感しかないんだが。

というか、このままでは司と知り合いではなく友人になってしまう。

個人情報を話すのはこれくらいにして、さりげなく離れるとする。

公園の中に立てられた図書館は煉瓦を模した外壁で、景観を気にした造りになっている。ヨーロッパで見た古城のような重厚なたたずまいだ。

こんな場所なら落ち着いて本も読めるし、コーヒーも飲めるだろう。

ベビーカーを押した母親や、子連れの親がのんびりとベンチに腰掛けている。

カフェは正面入り口から見えなかった。

「図書館は入るときに図書カードが必要で、ない場合は作ることになるんだけど、身分証はある？」

「持ってる」

支給されたものがな！　いつ使うんだと思っていたが、ずいぶん早くに使う日が来た！

周令は「ふふん」と得意げに、証明書の入った財布をジーンズの尻ポケットから取り出した。

「それはよかった。カードを作る前にもう一度出してくれ」

「承知した」

「うちの図書館は凄く大きくて本を探すのに結構時間がかかる。パソコンで検索もできるけど、やっぱり、自分で探して歩きたいよなあ」

「それは……分かるな」

「だろ？　図書館を案内したあとに、カフェに案内するから楽しみにしてくれ」

いやいやいや、おいおいおい。

図書館では俺を放置してくれてもいいんだぞ？　もっとこう……離れたところで人間を観察したいんだ俺は。

そう思っているのに、司の笑顔を見ているうちに「まあ、今日ぐらいはいいか」と気持ちが揺らぐ。

何をやっているんだ俺は、と小さな笑みを浮かべて空を仰いだところで、司がこっちを見て目を丸くした。

「どうした？」

「天使みたいだ。シューレーは綺麗だなあ……」

「……え？」

翼を出したつもりなどないが、気が緩んで出してしまったのかと焦ったが、司が周令の肩のあたりを指さして「翼みたいに木漏れ日が揺れてる」と言ったので納得した。

光の加減で、周令の背に翼が生えたように見えたのだ。

「天使なんていないぞ」

「見たことないし。もしかしたらいるかもしれないだろう？」

そう言って、司が無邪気な顔で笑う。

ああ、くそ。可愛い顔で笑うんじゃない人間め。

「そうだな。もしもの話だが、いつか見たらきっと驚くぞ」

憎まれ口を叩いたつもりなのに、司が普通に頷いたので調子が狂う。

「いないと思うよりいると思っている方が毎日楽しいだろ？」

「まあ、うん……そうかもな」

「目の前に現れたら友達になって写真を撮るくらいしたいよな。宇宙人だったらちょっと怖いけど……。まあ、こんなこと普段は口に出したりしないんだけどさ」

図書館の階段を駆け上がる少年の後ろ姿を見ながら、周令は「変なヤツ」と独りごちた。

日光が蔵書に当たらないよう計算された窓の角度に感心しつつ、館内をじっくりと観察していく。研修で「人間を知るのに大事なことだからね」と由に言われて、どこの国でも教養や芸術に関わる施設を見て回った。

人間は百年やそこいらで死んでしまう生き物なのに、素晴らしい芸術品や書籍がたくさん残っている。それには素直に感嘆した。

確かにこの図書館の蔵書は自慢できる量だろう。

周令は本棚と本棚の間で深呼吸をして、うっすらと残っているインクと埃の匂いを嗅いだ。どの国の図書館も残り香は殆ど変わらないが、つい癖でやってしまう。

人間には嗅ぎ分けできない空気を肺に入れてそっと吐き出した。

すると司が自分を見上げ「俺も、本棚の間で深呼吸するよ」と囁く。

見られていたのが恥ずかしかったが、そんなそぶりは一切見せずに「そうか」とだけ返事をした。

「ここらへんの本は人気がないから滅多に借り手がない。だから、本が持っていたもともとの匂いが残っているような気がするんだ」

周令は、司の囁きを聞こうとして体を屈める。

耳元に息が当たる。人間の息も温かいのだなと感心していたら、「こっち」と廊下まで腕を引っ張られた。

「どうした」

「ここのステンドグラスが綺麗だから見せたくて」

廊下の突き当たりに縦長のステンドグラスが飾られている。

立派な作品だと思った。

たくさんの天使が描かれているが、天使の服はなんというか、スーツに見えた。色とりどりのスーツを着た天使が手にそれぞれの武器を携えている。いろいろ装飾が加わっているので人間には奇妙な服に見えるだろうが、あれは俺たちの着るスーツだ。

「え？」

これって魂撃滅課じゃないか？　いや、そうだろう。いいのかこれ！

周りに星や花が散っているので「宗教的モチーフのステンドグラス」に見えるが、局員なら「人間に見られた証拠じゃないか」と一目で分かる。

周令はまず由には絶対に見てもらおうと心に決めた。

「き、綺麗だな……」

「だろう？　これ、俺の叔父さんと叔母さんが一年がかりで作ったんだ」

「ほう」

「二人とも手先が器用で凄い作品をたくさん作ったんだけど、俺はそういう才能はないみたい。死んだ父さんもすごく不器用だったし」

「よくある話だ」

父親が亡くなっているのか。魂は転生かあの世のどちらだろうな。

周令はじっと見上げられて「どうかしたか？」と尋ねた。

「なんかいいな、そういうの。余計なことを何も言わないシューレーはカッコイイな」

司が上機嫌になったのが分かる。

しかし、なぜそんなに浮かれているのか、周令は分からなかった。


どうやら司は最後まで周令をエスコートするようだ。

途中で何度も「一人で回れる」と言ったのに、司は頑として聞かなかった。

その結果、図書館併設のカフェで彼の淹れたコーヒーを飲む羽目になる。

俺はコーヒーにはちょっとうるさいんだぞ？　なにせアメリカとヨーロッパのカフェを研修者みんなでハシゴして回った。好みはいろいろ分かれたが、俺は香りが強くて濃厚なものが好きなんだ。安い豆で変なものを飲まされたら……。

カウンター席に座って司の一挙一動を睨み、いや、見守りつつ心の中で延々と語る。

今は暇だからと、店長に留守を任されたぐらいだから司もそれなりに仕事ができるのだろうが、初めて交流した人間の作るものを口に入れるのはちょっと勇気がいる。

「この店、夕方からの方がお客さんがいるんだ」

Tシャツの上から大きなエプロンをつけた司が、温めたカップを取り出しながら話し出す。綺麗な苺模様のカップにコーヒーが注がれていく様を見ていたら「心配するなって」と笑われた。

「心配というか……ああ、いい香りだ」

「どうぞ召し上がれ」

コーヒーが目の前に置かれ、周令はまず一口飲んだ。飲む温度はいい。香りもいい。味もただ苦いだけでなく深みがあって、とてもいい。

「旨い？」

周令はもったいぶって、たっぷり時間をかけて感想を言おうとしたが、司が頬を染めてドキドキしているのが分かった途端に「旨い」と早口で言った。

「よかった。クッキーを食べながら飲むともっと旨いぞ」

司が笑顔で、小皿にクッキーを盛って差し出す。

なんの変哲もない、素朴な楕円形のクッキーを囓ると口の中でほろほろとほぐれてなくなった。あっさりとした甘さが口の中に残っているうちにコーヒーを飲むと、コーヒーの深みと香りが引き立った。

「旨いじゃないか。くそ、なんだこれは。日本のコーヒーなのに……」

「ははは。面白いことを言う。うちの叔父さんもコーヒーが好きでさ、家だと毎朝俺が淹れてるんだ。留学生がいるときなんか朝から大騒ぎだよ。叔母さんは食事の用意だから、みんな俺にコーヒーを淹れてくれってマグカップを持って待ってるんだ」

「そうか」

司の話から推測すると、司に親はなく、叔父と叔母のところで暮らしているようだ。

今まで見てきた人間の中には、そういう育ち方をしている者もいたから、とりわけ気に

はしない。

「シューレーの、悪いこと聞いちゃったって少しも思ってない顔、いいな。同情されても困るけど」

「君が一人で生きられないほど幼いならまだしも、そこまですくすく育っているからな。一人で食事ができる年なら心配しなくていいだろう？」

「心配しなくて平気だけど、一人で食事をするのは嫌だな、俺。誰かと一緒にご飯が食べたい」

仲間との食事は確かに楽しいが、いないならいないで別に構わない。

周令は「子供か」と呟いて、コーヒーを飲み干した。

「シューレーは、今夜は？　一人でご飯なら俺と一緒に食べよう」

「それもボランティアというヤツか？　俺は別に……」

「違う」

司はじっと周令を見つめて「シューレーと一緒にご飯を食べたいなって思ったんだ」と言って顔を赤くする。

真剣な顔で、そんなに頬を染めて言うことか。日本の少年はよく分からない。

だが…………これが嫌ではないのだから、周令は自分の気持ちに戸惑った。

◆

魂管理局の事務方フロアを見学して、次は魂転生課。なぜかここの局員たちは全員がメガネをかけていた。

「ここな、メガネまで制服なんだ。メガネ好きはみんなここを希望する」

駿壱が局員の一人に「見学です」と言って、フロアに入った。

「なんか、事務方と同じ……？」

「やっていることは全く違うんだ。どの魂をどこの国のどんな生き物として転生させるかを、ここで決定している。俺はここが一番凄い課だと思う」

魂撃滅課に所属している駿壱が、感心した口ぶりで言う。

「……人間の一生がここで決められているってことですか？」

「そうだよ。転生せずにあの世に直行する魂もたまにいるけどね」

「人間から局員になるっていうのも凄いです。しかも二人とも日本人だ」

「魂の波長が魂管理局と合うんじゃないかと、最近思うようになった」

駿壱が「はは」と笑った。

「……魂の波長が合う、か。それって局員同士でもあるんでしょうか……」

司は周令のことを思いながら駿壱に尋ねる。

すると彼はあっさりと「あると思う。少なくとも、俺と由たち次期局長候補の子供たちとは」とどこか誇らしげに言った。

「局員だって生き物には違いない。恋愛だって普通にする……が、器用不器用があるから、上手くいかないこともある」

「……ですね」

周令とはお友達から始めるつもりが、いきなり体の関係になってしまった。

波長が合うというのは相性がいいということにも通じる。周令が、司が人間だった頃のことをもっと話してくれたら、いい関係になれるのではないか。

「次は修練場にでも行ってみようか。司の武器も必要だしね」

「武器！　はい！　武器持ちたい！」

「ついさっきまでは神妙な顔をしていたのに、今は生き生きしているね」

「武器」に反応して子供っぽいと思われたかもしれない。

司は訂正しようと口を開けたが、駿壱は「そんなもんだよ」と言って先を歩き出した。

修練場とはどこにあるんだろう。

一瞬、バトルマンガに出てくる地下競技場を思い浮かべた。


これは体育館に見えるが、きっといろんな仕掛けがあるに違いない。

司はわくわくしながら、広々とした板張りの部屋を見つめた。

「この広さで一つのブースだ。ブースは全部で五百存在する」

「凄い数！」

「戦うのは魂撃滅課だけじゃないからね。どこの局員も大事には駆けつけられるように、日々修練を怠らないんだ」

駿壱が「いいものを見せてあげるよ」と言って、ブース入り口のタッチパネルを操作した。すると空中にモニターがいくつも現れ、局員たちが修練している姿が映し出される。

「ＳＦ映画だ……っ！」

「俺も最初は同じことを思った。見学したいブースがあったらコンタクトを取って中に入れてもらう。……そうだ、周令がいるブースを見てみる？」

いいんですか？　と聞く前に、司は頷いていた。

「お友達から始めよう」と言ったのだから周令のことをもっといろいろ知りたい。

すると駿壱は小さく笑い、「入れてくれるそうだ」と言った。

「どうやって入るんですか？」

「時渡りだ。今は俺が連れて行ってあげる」

なんだそれ。俺にもできるようになるんだろうか。、いやできるよな、だって魂管理局の局員だから！

司は、差し出された駿壱の手を握り――。

次の瞬間には「違う世界」にいた。

元はあの体育館と同じなのだろうが、目の前に広がっているのはゴツゴツとした岩場だ。

司は「魂管理局ってゲームの世界みたいだ」と呟いて感心する。

「やあ周令！　見学に来たよ！　よろしく頼む」

大きな翼を広げ仕事用のスーツを着て岩の丘に立つ周令へ、駿壱が手を振りながら声をかけた。

彼はこちらを一瞥すると「好きにしろ」と言って弓を構える。

弓など詳しくないが、あれはアーチェリーに似ている気がした。

それ自体を打撃武器にしても結構ダメージを与えられるだろうしっかりした作りの弓には、繊細な装飾が施されているのが分かった。日光に反射した装飾が輝いて美しい。

そして、弓を構えている周令がカッコヨかった……っ！

スーツに弓って……反則だろっ！　カッコイイだろっ！　写真を撮りたいじゃないか！

司は気がついたら真顔で端末を構え、カシャカシャと周令の写真を撮っていく。

「まあ、うん。気持ちは分かるよ。俺も由の写真を結構撮った」

隣でニヤニヤ笑う駿壱に、司は何度も深く頷いた。

「俺の知る限り、弓の扱いが一番上手いのは周令だ。飛び道具だからサポート役が多いように見えるが、急所を狙い撃ちして一発で『空』を仕留める」

「凄い……っ」

周令は今、弓を構えていた。

何を狙っているのか分からないが、夕暮れ色の弓から同じ色の矢が放たれる。

ヒュッと風を切る鋭い音が響いた。

それが何度も続く。

周令は眉一つ動かすことなく、正確に一点を見つめて矢を放った。

と、次の瞬間。

ぶよぶよとした半透明の何かが四方八方に弾けた。ゼリーのシャワーのようだ。地面に落ちるとぷるぷると震える様が気持ち悪かったが、それらはやがて消えていく。

「一発必中かっ！　凄いっ！　凄い腕だっ！　カッコイイっ！　…………でも、あの細かく飛び散ったゼリーが気持ち悪いですね……」

「あのゼリーみたいなものが『空』だ。転生できない人間の魂」

「マジですか……。魂ってあんな風になっちゃうのか……」

感心する司に、駿壱が「訓練用の偽物だけど」と付け足す。

よかった。訓練のために本物の空を捕獲してるんだと言われたら、ちょっと怖い。ぶよぶよゼリーでも、元は人間の魂だと知った今は、攻撃をためらってしまいそうだ。

「お前たち、いつまでそこにいるつもりだ」

周令の弓がこちらに向けられる。

駿壱の足元を狙っている。威嚇だろうが、たった今腕前を見せられたので心臓に悪い。できれば鏃《やじり》をよそに向けてくれ。

「周令！　司に武器を見せてやってくれないか？」

しかし駿壱は気にした様子もなく、暢気にそう言った。

「お前、後輩のくせに俺に指図をするのか？」

「頼むよ。見せてやりたいんだ」

「……仕方ないな。少しだけだぞ」

周令は翼を羽ばたかせて地面に降り立つと、司の目を見ずに「ほら」と手渡す。

渡されたはいいが、見た目よりも重くて慌てて両手で持ち直した。周令はこれを左手だけで持っていたのだ。修練しているからこそだろう。

「好きな子の前で素直になれないなんて、どこの小学生だよ。周令」

笑顔で突っ込みを入れる駿壱に、周令が「俺はいつも素直だ」と睨みつけた。

「……周令さん。朝ご飯はちゃんと食べましたか？　起きたらいなかったから、一緒にコーヒーを飲みながらご飯食べられなくて残念だ」

司は周令の弓を両手で持ったまま、彼を見つめる。

「呼び捨てで構わない。……朝から、その、迷惑をかけるのはだめだろう？　俺はお前より年上で先輩で、恋人を前提としたお友達付き合いをする相手なんだぞ？　お前を起こさないようにこっそり出て行くので精一杯だ。ところで、今度カフェにでも行かないか？　マフィンやベーグルが旨い店があるんだ。人間界で修行をしたという変わり者の局員がいて、それから……」

　そこまで言って、周令がいきなり黙った。

「どうしたの？　周令」

「……俺ばかりが喋っても楽しくないだろう。お前のことを話せ」

「俺は、周令のことをもっと知りたい。俺が人間だったときのこととか、いろいろ知っているんだろう？　話を聞きたい」

　すると周令は口をへの字にして首を左右に振る。

「旨いコーヒーを淹れる自信があるんだ。今度ごちそうするから、いろいろ教えてほしい」

「お前がコーヒーを淹れるのが上手いのは知っている。なのに、どうして俺のことを思い出さないんだ？」

「俺がカフェでバイトしてたの知ってるんだろ？　だったら他のことだって知ってるよな？　教えてくれれば思い出せるような気がするんだ」

ヒントがあればどうにかなりそうな気がする。

だから司は、ここぞとばかりに周令にぐいぐいと強気で迫った。

「それは、無理」

「なんで」

「なんででも。それよりもお前は俺に弓を習いに来たのか？　弓は援護が多い。間違っても、仲間を射ってはだめだ」

「話をはぐらかした！」

「新人に必要な話をしただけだ。そうだろう？　駿壱」

周令が駿壱に話を振ると、彼は手で口元を押さえて体を震わせている。笑いを堪えていたなんて酷い。

司は文句を言おうと口を開いたが、「今は研修中だよ」と言われて口を閉じる。

「どうだろう周令。俺は弓を教えてやれないから、君が司に教えてやってくれないか？」

「俺が！　司に！　いや、それは無理だ！　まず、一通り武器を使わせて……ちょっと待っていろ！」

周令が「場所、解除」と言うと岩場はなくなり、「体育館」になった。いや、元に戻ったのだ。ついでに、司が持っていた周令の弓もなくなった。

「すべての武器を出せ」

今度は、司の目の前にありとあらゆる武器が並んだ。みな宙に浮いている。

うわ、これ映画で見た。こういうの見たよ！　触ってもいいのかな……。

司はごくりと喉を鳴らし、目の前にあった長剣を右手に握りしめた。

「剣なら俺が教えてあげられるけど……」

「んー……長剣か」

周令に視線を向けると、あからさまに「なんでそれ選ぶの？」という落胆の表情を浮かべている。だったら、と、今度は鎖鎌を手に取った。一度は振り回してみたい武器の一つだ。だがこれにも、周令は酷い表情を見せた。

「言いたいことがあるなら言ってほしい。俺は初めて武器を持つんだ」

「……お前は両手持ちがいいと思う。剣の話じゃないぞ？　双剣で無理なく戦えるのは由だけだ」

長剣と短剣を両手で持とうとしてよろめいた司に、周令が「無理をするな」と言う。

「確かに。両手に長剣を持って戦えるのは俺の由だけだ」

「駿壱。ここでわざわざのろけなくていい。むかつく」

駿壱が「ははは」と笑い、司は「これ、かな」と槍を掴んだ。

持ち手が自分の身長よりも長く、先端には鋭い刃がついている。

「でも、振り回すのは……大変そう」

「持ち手の部分は短くできる。似合うぞ。槍にしろ、槍に。そして駿壱に相手をしてもらえ。上達する」

満足げに頷く周令。

司は「そうか。周令が遠回しに武器を選んでくれたんだな！　ありがとう」と、彼に笑顔を見せた。

「遠回しというか、表情で分かったがな。周令は面倒見がいいんだ。よかったな、司」

「はい！　……まずは槍を使ってみる。だめなら鎖鎌かな」

「ライフルもあるよ」

「死んでから銃を撃つことになるとは……」

「上級者向けにナイフも存在する」

駿壱が「これだ」と指さしたものは、柄以外はどこに触れても傷つけられる仕様になっている。

「順番に使おうと思います。駿壱さんもそうだったんですか？」

「俺はいきなり剣だった。剣以外は使ったことがないんだ。由が凄い顔で嫌がるから」

照れ笑いする駿壱が可愛い。

のろけかもしれないがこれはこれで可愛いからいいんじゃないかと思う。

「しかし、この槍をどうカスタマイズ……」

「貸せ」

どうぞと言う前に、周令が槍を奪って、いきなり柄を折った。

小枝を折るように涼しげな顔で折ったが、結構な重さがあったはずだ。

「えええええっ！」

びっくりして突っ込みを入れるが、周令は「この長さか？」と冷静に聞いてくる。

両手を広げたぐらいの長さ。元の長さの三分の二ぐらいになった。この方が断然扱いやすい。

「あ、ああ、うん。これでいい……って！　いきなり折るなよ！　びっくりした！」

「折った場所はすぐに修理される。この通り」

周令が折った場所は、確かに綺麗に整えられてささくれ一つない。

「このサイズで戦って、しっくりくるようなら槍を持て。戦いで俺が援護できる」

むふーんと胸を張って言う周令に、司は頷いた。

本当に世話好きなんだ。よかった。……怖い顔をしているから近寄りがたいけど、実は意外と表情豊かだ。いや、もしかして周令の表情がこんなに変わるのを知っているのは俺だけなのか？

知らず知らずに心が浮かれる。

すると駿壱が「周令の百面相は君がいてこそかな」と言った。

「……そうなんですか？」

「そうだよ。俺だって周令のこんな顔は今日初めて見た。普段は表情など出さないしな。それでいて同僚や後輩の面倒は見るから、みんな『とっつきにくい。あの無愛想がなければいいのに』と困っている」

やっぱりそうか。

だったら、二人きりになったときもいろんな表情を見せてくれる予感がする。そうすれば、周令の豊かな表情は司しか知らない。

……と思っていたら顔が熱くなってきた。

「お、俺は何を考えて……」

まずはお友達だ。子供みたいな独占欲を出しても仕方ないだろう、俺。

司は頭《かぶり》を振って気持ちを改め、両手で槍を掴む。

「構えは気にしないで、まずは地上で戦ってみる？　それに慣れたら、翼を使って飛びながら戦うんだ」

駿壱が笑顔で右腕を一回振って、自分の武器を出した。シンプルな長剣だが鍔に装飾が施してある。

「俺の翼は小さくて……飛べないと思います」

「うん、知ってる。俺も最初はそうだった。貧弱なんだよね。だから、周令が援護に入ればいい。できるよな？　周令」

「誰に言ってるんだ？　駿壱。できるに決まってる」

え……？　今から戦い？　本気で？　ゲームキャラがやってるみたいに振り回せばいい

のかな？　スーツで戦うのか……。

司は神妙な表情を浮かべて、自分の援護をするという周令を見た。

「だがな駿壱、こういうのは実戦が一番だと思う。習うより慣れろというヤツだ。だから、司の戦いの指導は俺がする。いいな？　俺が先輩なんだから文句は言うなよ？」

本来の指導教官は駿壱なのだが、彼は小さく笑って「じゃあ、戦いは任せるよ」とすんなり決まった。

「それでいいのか？　駿壱さん」

「ああ。君には他にも覚えなければならないことがたくさんある。構わないよ」

そう言われたので、司は周令にぺこりと頭を下げて「お願いします」と言った。


司を放って、周令と駿壱で戦闘スケジュールが組まれていく。

まだまだ新米の司を連れて地上に降りるには危険を伴うからと、「空狩り」のメンバーまで決めてしまった。

それぞれ局員の名前らしきものを出しながら、周令と駿壱が頷いたり首を左右に振ったりする。

……仕方のないことだと分かっていたけど、俺は蚊帳の外か。でも局員っていったい何人いるんだろう。

そんなことを思いながら、手にしたままの槍を弄んだ。

手にしっくりとなじむ。それに適度な重さで使い勝手がいい。

地面に平行して持つと防御ができるが、この長さでは攻撃する方が早い。

最初は上下に振って、次は左右に振ってみる。上下よりも左右に振る方が難しい気がしたが、何度か振ると勝手が分かってくる。

「おー……、なるほどな。これなら飛びながら戦った方がいい。俺の翼、出て来ーい」

軽く言うと、申し訳程度の翼が背中に現れる。軽く羽ばたくと体が軽くなったような気がした。

軽くジャンプしてから羽ばたくと想像以上に高さが出た。

「ははは っ！　凄いなこれ！　助走をつければもっと高く飛べそう！　…………あ、もしかして見てました？」

何やら視線を感じて振り返ると、周令と駿壱がこっちを見ている。

「見てた。思った以上に魂撃滅課向きだね。いい筋だと思うよ」

駿壱が褒めてくれたのが嬉しいが、例によって例のごとしで周令はむっとした顔をしていた。いったい何を拗ねているのか。

「周令はなんでそんな顔をしているんだ？　俺が一人で勝手に槍を使ったから？」

「そうだ。俺が最初から教えたかった」

素直に腹の内を言ってくれるのは嬉しいが、顔が、ちょっと怖い。

「じゃあ次からは周令に教えてもらうよ。それでいい？」

「スケジュールができあがったから、あとで携帯にメールを送っておく。そこで、戦いながら教える」

「ありがとう。メンバーは？」

できれば指導教官である駿壱もいてほしい。その方が安心できる……と思ったら、駿壱が「俺は常にメンバーに入ってるよ」と教えてくれた。

「よかった！」

「もともと指導教官だから、俺がメンバーに入らない選択肢はない。そうだろう？　周令」

周令が、また怖い顔をしている。

「もしかして周令は……マンツーマンで教えてくれようとしてた？　『空狩り』だっけ？」

「当然だろう？　俺はお前の！　恋人前提のお友達から始めましょう、という間柄なんだぞ？　俺だけがお前を守るつもりだった！」

怖い顔で本音をぶちまける周令が、小さな子供のように見えてくる。

司は「俺が慣れたら二人で戦おう」と言って、周令の機嫌を取った。

これくらいで直る機嫌かどうかは分からないが、取りあえず宥めてあげたい。

そんな軽い気持ちだったのに――。

「そ、そういうことは早く言え！　先に言え！　そうか！　俺と二人で戦いたいと思ったか！　それはいいことだ司！　俺が立派な撃滅課の一員に育ててやる！　だから早く俺のことを思い出せ！」

周令は僅かに頬を染めて腕組みをし、偉そうに胸を張って言った。

ずいぶんと嬉しそうだ。駿壱は肩を震わせて笑いを堪えているが、言ってよかった。

周令と「じゃあ、あとで」で修練場を離れ、司は新生課へ連れて行かれた。

大きなドームの中央に巨大な樹木が一本立っている。どんな種類の木なのか分からないが、枝を縦横無尽に伸ばして、枝から地面に蔓が伸びている。その先端は楕円形になっていて絶えず揺らめいていた。

「凄いなあれ。伸びた蔓が数え切れない」

「あれが『ゆりかご』だ。局員たちはみなあそこで生まれ、歩けるようになるまで育てられる。新生課の局員たちは白衣姿が基本で、新しく生まれた局員たちの適正を調べて教育していくそうだ」

文字通り白衣の天使か。いや、黒い翼の局員もいるから黒翼の天使？　これはこれでカッコイイ。

ガラス張りの見学路から下を見ると、白衣を着た局員たちが手にタブレットのような端末を持って、ゆりかごを一つ一つ覗き込んでチェックしている。

白く淡い光の中で、翼を持った生き物たちが育てられる。

じっと見ていると眠くなるのは、多分気のせいではない。

司は「ふあ」とあくびを一つして、ゆりかごの木の中心にある広場で局員たちと遊んでいる子供の局員を見つめた。

子供はみんな膝丈の白いワンピースを着ていて、翼も小さい。可愛い。動物も交じって遊んでいるので童話の世界のようだ。

ゆりかごの中の赤子たちは、外の喧噪などお構いなく健やかに眠っている。

「俺もあんな感じだったのかな？」

「ちょっと違う。眠ったままの成人体に人間の魂が入って生まれ変わった。ゆりかごには、一度も目を覚まさないで成長する局員もいるという話。理由は解明されていないが、魂を持たずに体だけ成長していくんだって」

うわ、何そのSF設定。

心の中で突っ込みを入れてから「でも俺の顔だし、体の特徴も変わらない。なんで？」と駿壱に尋ねた。

「魂が体を形作る……ということらしい。由がそう言っていた」

「魂が覚えている自分になっていくってことか……。だったら記憶もちゃんと戻してくれればよかったのに」

駿壱が何か言おうとしたが、彼はすぐに口をつぐんで「そうか」と言った。

「何か知ってるんですか？　……って聞いても、駿壱さんなら話せることは先に話してますよね。ははは」

「申し訳ない。ただ……記憶がちゃんと戻らなくても君の悪いようにはならないと思う」

「……無理を言ってすみません。俺も、割り切らなくちゃとは思うんですが」

周令が「俺を思い出せ」と言うたびに、気になってしまう。

「あとでまた周令と話をしてみればいい。さて、次は局員食堂だ。昼飯の時間だよ」

局員食堂とはずいぶん庶民的な響きだ。

司は「どんな定食があるのか楽しみです」と言って、昼食に胸を高鳴らせた。


食堂は第一から第七まであって、それぞれに趣向を凝らしたメニューがあるそうだ。

料理に目覚めた局員たちが腕によりをかけて、局員たちの舌と胃袋を満たしていると言われて納得した。

司が足を踏み入れたのは第六食堂だが、みないい笑顔で食事をしている。

「分かる。旨いと顔が勝手に笑顔になるんだよな……」

ビュッフェ形式で、どの料理からも旨そうな匂いが漂ってくる。米もパンもパスタもある。旨い食べ物で腹を満たせとばかりに、みな何度もお代わりをしていた。

「日本食が食べたい場合は第七食堂だ。寿司がメインの日はみんなが並ぶよ。食堂食べ歩きという小冊子も出てるからあとで見てみるといい」

駿壱はトレイに小籠包の入った小さなせいろと、鶏肉のちまきを載せた。

「分かった。ここ……点心と飲茶だ」

「当たり。中国に行った局員が点心と飲茶にハマッて帰って来たあとに、ここができたという逸話もある」

「俺も小籠包食べよう。あと、エビシュウマイ。甘いのもいいな……」

「じゃあ司はあっちの席に行くといい。俺はこっち。午後は見学と座学。今から二時間後に、第六食堂の出入り口で待ち合わせ」

そう言って、駿壱は笑顔で去って行ってしまった。

彼を待っていたのは「局長候補」の由で、太陽が振り注ぐような笑みを浮かべて手を振っている。

一方、司が行けと言われたテーブルには周令が座っていた。

一人でぽつんだ。

司はトレイに載せた料理を落とさないよう慎重に歩き、周令の向かいに腰を下ろした。

「一緒に食べよう！」

「………………好きにしろ」

周令は素っ気なく言ってから、テーブルに置かれている鉄瓶の取っ手を軽々と持ち、小さな湯飲みに茶を注ぐ。それを司に「飲め」と差し出した。

これは多分、「一緒に食事ができて嬉しい」という意味だろう。なぜなら周令の口元が僅かに緩んでいる。

「ありがとう。いただきます」

「この食堂はなんでも旨い。ごま団子は取って来たか？　桃まんも一口サイズで食べやすい。チャーシューまんはあと五分で蒸し上がるそうだ」

「そんなに食えないよ」

「そうか。では、何度もここに通えばいい。俺はこの食堂が一番好きだ」

「じゃあ、周令と一緒に通ってもいい？」

するとと周令は、ぱちくりと瞬きをしてから「構わない」と言って微笑んだ。

それまで局員たちの会話や料理人の「料理ができたよー！」と威勢のいい声で満たされていた第六食堂が、内から外へと波紋が広がるように静かになった。

中心は周令だ。

隣のテーブルの局員たちが「周令が笑った」「綺麗」「マジか」と呟き、それが瞬く間に伝わったのだ。

局員たちは、一拍置いて「えええええええっ！」と叫び、周令のテーブルめがけて一斉に駆け出す。

関せずして食事を続けているのは周令をよく思っていない一部の局員と、腹ぺこすぎて食べることに集中している局員たち、そして由と駿壱ぐらいなものだ。

みな「今の顔、もう一回！」とテーブルを叩く。

が。

周令は「誰が見せるか」と周りを睨みつけての極寒仕様だ。

向かいに座っている司でさえ「このままじゃ凍死する」と思うほど、表情と態度が冷たかった。冷たすぎて痛い。

集まった局員たちも「う……」と低く呻くことしかできずにすごすごと自分のテーブルに戻る。中には「誰か幻でも見たんじゃないか」と言う者もいた。

周令の笑顔がどれだけ貴重なのか、今の騒動でよく分かった。そして、普段はどれだけ無愛想なのかも。

「笑って見せても、よかったような気がするよ」

「なんで？　俺の顔はお前が見ていればそれでいい」

真顔で言われてテーブルに突っ伏した。

恥ずかしい。恥ずかしくて、でも嬉しい。そして感情に素直な美形は危険だ。

「司。冷めないうちに食べろ」

「は……はい……」

顔が熱い。

それでも司は顔を上げ、せいろの蓋を外して小籠包を箸でつまんだ。

「レンゲに載せてから、刻みショウガを載せろ。そうして食べるとより旨い」

「分かった」

周りのテーブルからの視線が痛い。そんなに注目されても困る。箸を持つ手がぷるぷると震えてきた。

「肩に力が入りすぎてるぞ。どうした？」

「いや、なんでも……」

「なんなら俺が食べさせてやろうか？　中のスープが熱いから、少し冷まして」

言うが早いか周令が司の手から小籠包が載ったレンゲを奪い、箸で皮を破ってスープを溢れさせると、息を吹きかけて冷ます。

周りのテーブルがざわついた。

周令の世話好きを知っている局員でさえ「あれは……初めて見た」と目を丸くしている。

「しゅ、しゅ、しゅうれい、さん。そこまでしなくても……」

「舌を火傷でもしたら、キスができないじゃないか」

真顔で言わないでくれ！

司は真っ赤な顔で俯いた。

周りの局員たちも頬を染めた。

「ほら、これなら食べられるだろう。はい、あーんして」

「え！」

勢いよく顔を上げると、周令の笑顔があった。

局員たちは「幻じゃなかった！」と拳を振り上げ、そして司を注目する。

彼らは「せっかくフーフーしてくれたんだから食べなさい」と無言の圧力をかけてきた。

「司。あーん」

口元にレンゲがやってくる。

みなの期待に応えるべく、司は赤い顔のまま口を開けた。

旨いはずの小籠包なのに緊張で味はしなかったが、周りが喜んでいるので我慢した。

注目していた局員たちは「いいものを見た」「周令も笑うんだ」「あとでみんなに話してやろう」と満足しする。

「司、今度は何が食べたい？」

「自分で食べるからいいです。あと、普通は友達にこんなことしません」

「恋人前提ならいいと思う」

「恥ずかしい」

「俺は楽しかった」

満足そうな顔で感想を言われるのがちょっと気に入らない。

司は「同じことをしてやろう」と新しいレンゲに小籠包を載せて、皮を破ってスープを出し、息を吹いて冷ます。そして、周令に差し出した。

「周令。はい、あーんして」

「は？」

「だから、してもらったから俺もしてあげようかと思って」

「やられたらやり返す」を丁寧に言って、にっこりと笑った。

「俺はいい」

「どうして？　せっかく俺が一口で食べやすいようにフーフーしてあげたのに」

「俺は司を甘やかしたいのであって、司に甘やかされたいわけではない」

「つまり恥ずかしいと？」

「当たり前だ」

堂々と言うなよー。最初に自分がやったくせにー。

司は心の中で突っ込みを入れてから、「じゃあいい。駿壱さんに食べてもらうから」と

言ったら、駿壱の方を向く前に小籠包は周令の口に収まった。

「…………確かに、これは、少々照れるな。次は少し考えよう」

そっぽを向く周令の目元が赤い。

そういうところが可愛いなと思ったら、胸の奥がぎゅっと握りしめられるように痛くなった。じわじわと続く痛みは、やがて体の中に広がって、なんとも言えないもどかしい気分になる。

「腹が減ってるからだ」

旨い物で腹を満たせば幸福に包まれるはず。

司は、まだ少しぼんやりしている周令の前で、脇目も振らずに料理を平らげた。


午後からは、局員たちが暮らす街を見学した。

サービスに目覚めた局員たちが仕切っているデパートやレストラン、ファストフードは人間界にあるものと変わらないのに驚いた。

それに関しては折衝課と人間界とで何やらやりとりが行われているとのことだ。

一通り見学を終えてから、公園のベンチに腰を下ろす。

この街には司の知っている人間界と違って公園が多い。そして、ゆりかごから出たばかりの小さな局員たちが新生課の局員に連れられて遊んでいた。

「不思議な世界だ……」

おそらく世界中の旨い料理が七つの食堂にあって、街は綺麗で子供たちは可愛い。成人姿の局員たちはタイプは違うがみな美形。おまけに衣食住が保証されている。

「そうだな。でも、いろいろと問題は起きるんだ。恋愛とか恋愛とか恋愛とか」

三回も言った。

駿壱は「長生きだからパートナー選びが大変らしいんだ」と言って、空を見上げた。

「恋愛か——……」

「心が燃えるから素晴らしい、魂を揺さぶられる、他にもいろいろ言われてる。映画館で一番人気があるのも恋愛映画だ。俺はホラーが好きだけど、それもパートナーと一緒に見てるからこそ好きなんだろうなって思う」

「それは……分かる気がします。きっとどんな些細なことでも、かけがえのない誰かと一緒だからこそ楽しいんですよ」

「そうだね」

「俺は人間だった頃、きっとそれを知っていたんだと思う……」

また胸がぎゅっと痛くなった。

大事な誰かの傍にいたいのに、その誰かの顔が真っ黒で見えない、それが歯がゆい。

司は両手の拳を握りしめ、「なんで忘れてんだ」と声を絞り出す。

「まだ若いのにそんなに深刻になるな。今から未来を楽しもうよ」

「……局員って、もっとこうハデな仕事だと思ったのに」

情けないと思われても、これが司の本音だ。

「ははは。大変だけど楽しいよ、俺は」

だが駿壱は軽く笑い飛ばす。

「慣れていけば仕事にやりがいを感じられる。それまでの我慢だな」

「どの仕事もそういいますよねー」

「心を強く持たないと、魂撃滅課はやっていられないからなあ。花形の部署で周りからちやほやされるけど、その分職務はハードだ」

駿壱が「何か飲もう」と言って立ち上がる。司は「もしやこれが座学かな」と思いながら「コーヒーが飲みたいです」と言った。

「だったらカフェに行こう。近くに旨いコーヒーを淹れるカフェがある。司も気に入ると思うよ」

「俺、コーヒー好きです。人間の頃から好きだけど、そういうのも今の体に引き継がれるんですか？」

「俺はそうだったから、君もそうだと思う。なにせ、こんな特殊な形で局員になったのは俺たちだけだからね」

二人は顔を見合わせて笑い、駿壱が「あっちだ」と指さした方向に向かって歩き出した。

「あれか」

カフェというよりはコーヒースタンド。スタンドの前に三つのテーブルと椅子がある青空カフェだ。コーヒー豆にハマった局員が二人で切り盛りしているこのカフェは、雨天は休みだという。

「ここにも雨が降るんですか？」

「ああ。なんとなく四季があるっぽいんだ。人間界に似せているというか、雨はロマンテイックだとか訳の分からないことを言う連中も多い」

「じゃあ、紫陽花もあるのかな?」

人なつこい局員に目の前でコーヒーを淹れてもらいながら、司は駿壱に尋ねた。

「あるよ。局本部の裏手だ。一角に紫陽花が植えられている。今がちょうど花の盛りだ。でも、なんで紫陽花?」

「なんだろう。今ふと、頭に浮かんだんです」

「へえ。もしかしたら何か思い出したのかもね」

「だったらいいんですが……………ん? このコーヒー……」

司はコーヒーを一口飲んで「ヤバい、旨い」と言った。

駿壱も「本当だ。旨いな」と頷いている。

「これ凄く美味しいです! アイスコーヒーも飲みたい! コーヒーフロートはできます? アイスコーヒーの上にバニラアイスやソフトクリームが載ってるんですけど!」

興奮して提案したら、局員たちに「アイスコーヒーも旨いよ」「何かを載せるのは邪道」「やったことない」と真顔で首を左右に振られてしまった。

「えええ〜。冷たくて苦くて深いこくがある旨いアイスコーヒーに、これまた旨いアイスが載っただけで転げ回るほど旨いんですよ……っ！」

「それは分かる。旨いよな。そんなに飲みたいなら、ここでアイスコーヒーを買って、マンション近くのコンビニでアイスを買って合体させればいい」

すると局員たちは「自宅でやる分には何も言いません」と言って、店のボトルにアイスコーヒーを入れて持たせてくれた。

「全店共通の会員カードを持ってくださいね。うちの店でこのスタンプが全部たまったら、可愛いノベルティーを差し上げます」

金銭の受け渡しが存在しない世界だが、局員たちはこうしてカードを作って楽しんでいる。司はありがたく会員カードをいただき、スーツのポケットに入れた。

「さて、今日はこれで帰るか」

街を見て軽く語って終わり？　それでいいのか魂管理局。

司は少々不安になって「本当に？」と聞き返す。

「うん。俺もアイスコーヒーを貰ったから、コーヒーフロートを作りたいんだ」

「え？　そんな理由で？」

「俺は指導教官で、君は新人研修中。教官に従ってください」

「緩いです……」

「まあ、今のうちはね。実践は明後日だから頑張ろう。腕をもがれる程度で終われれば、万々歳だ」

待って。今の台詞待って。

司は頬を引き攣らせて「駿壱さん！」と大きな声を上げるが、駿壱は「冗談だ」と言って歩き出す。

「冗談に聞こえませんでした！」

「もげてもすぐに治せるから」

「俺、痛いの嫌いです！」

「大丈夫。みんなそう。さて、マンションまで送るから帰ろう！」

本当に冗談なんだろうなと不安になりつつ、駿壱のあとについてマンションまで戻った。


「明日は午後から。周令のレッスンになるが俺も見学する。迎えに行くから待っててね」

駿壱は最後に「お疲れさま」と言って司の部屋から出て行った。

「つまり明日から……武器を使った訓練か……。上手く扱えるといいな」

「お前なら問題ないだろう」

周令が当然のように答えた。

また勝手に人の部屋にいる。

自分の部屋ではないのに、前髪を下ろしチャコールグレーのパーカに黒い細身のスウェットを合わせた「おうちでリラックス」スタイルなのがむっとくる。

「早かったな。ところで手に持っているのはなんだ？」

「コーヒーが旨いと評判のカフェに行って来た。……そうだ！　今からコーヒーフロートを作るから一緒に飲もう？　な？　旨いことを誰かに教えたい！」

「……駿壱は？」

「あの人は元が人間だから旨いのは当然知っているんだ。だから、周令！」

「何かを思い出して、作ろうとしたのか？」

「コーヒーが好きで、自分がコーヒーを淹れるのが上手いというのはもともと覚えてる」

すると、まるで興味がなくなったように「ふーん」と言ってソファに寝転がる。

拗ねた猫のような態度に「子供かよー」と突っ込みを入れたら、「違う」と即座に反論された。

「待ってろよ。旨いコーヒーフロートを作ってやるから」

「あの店は……俺が由に教えた」

「じゃあ、駿壱さんが知っていても不思議はないな。働いている局員たちは凄く楽しそうだった。コーヒーを愛してるって感じだったな」

「あいつらか。俺が、人間界に旨いコーヒーを淹れる店があるから行ってみるといいって、いろんな店を教えてやった」

あの店の二人の局員は、周令の知り合いだったのか。

二人ともとても愛想がよくて話しかけやすかった。

周令がブリザードなら、彼らは春の庭だと思う。居心地がよかった。

キッチンカウンターにスーツのジャケットを脱いで置き、ネクタイも外す。ワイシャツの袖をまくり上げて丁寧に手を洗った。

それからグラスを二つ用意し、そこにアイスコーヒーを注ぎ入れる。部屋に戻る前にコンビニエンスストアで買ったカップアイスを、温めたスプーンですくってグラスにそっと入れた。白と黒のコントラストが綺麗だ。

「周令、寝転がってないでこれを飲んでみて。作り方は簡単だけど旨いぞ」

「あのカフェのアイスコーヒーが旨いのは知ってる」

「もっと旨くなってるから！　一緒に飲もう！」

ソファでごろごろしている周令をこっちに呼ぶよりも、自分が彼のところに行った方が早い。司は「仕方ないなあ」と笑いながら、トレイにストローを差したコーヒーフロートとスプーンを載せて、リビングに移動した。

コーヒーテーブルにトレイを置くと、周令が嫌そうに目を細めてコーヒーフロートを睨みつける。

「なんだこれは。俺はアイスコーヒーにはガムシロップしか入れない」

「旨いから、まず一口どうぞ。……それとも『あーん』してやろうか？」

司は、寝転んでいる周令の目の前にコーヒーフロートのグラスを近づけた。

「アイスはアイスで食べるだろ？　こんな……混ざってしまったらコーヒーの味が……」

眉間に皺を寄せて拒む周令に、司は笑顔で「あーんして」と言った。

「く……っ、可愛い顔で俺を惑わせるな。まだ『お友達』の仲なのに……っ！」

そのお友達にアレコレしたのはどこの誰だーと心の中で突っ込みを入れながら、司は笑顔でコーヒーにまみれたアイスを載せたスプーンを、周令の口に突っ込む。

「うっ…………旨い？　え？　なんだこの味は。甘くて苦い……」

「でも旨いだろ？」

同意を得ようと微笑みかけるが、周令は素直に頷くのが嫌なのか眉間に皺を寄せたまま低く呻いた。

「こういう飲み物があってもいいと思う。とにかく、俺は好きだ」

「……お前が好きなら、まあ別に飲んでやらないこともないが、これは邪道」

「アレコレうるさいですよ、周令さん。旨ければいい。納豆トーストを食べろって言ってるんじゃないんだから！」

司は持っていたコーヒーフロートのグラスを周令に押しつけ、自分のグラスを持つ。

「今の……」

周令は体を起こし、ストローでコーヒーフロートをちびちびと飲み始めた。

「今の？　旨ければいいって？」

「違う」

「変なことを言ったか？　俺。なんでそんなしょんぼりした顔でコーヒーフロートを飲んでるの？　なあ周令」

「俺……納豆嫌いだし」

「嫌いなものをわざわざ食べなくてもいいじゃないか」

司はアイスコーヒーが半分になったところで、味を変えるためにスプーンで中身をかき回す。するとアイスの白とアイスコーヒーの黒がマーブル状になった。

これは絶対に旨い味だと確信して飲む。甘さと苦みがほどよく混ざって最高に旨い。

「周令、これマジで旨いから……周令？　なんでそんな修行僧みたいな顔をしてるんだ？」

「……納豆で俺のことを思い出したのかと思ったら違ってた」

「納豆？　もしかして俺は周令に無理矢理納豆を食べさせようとしていたのか？」

「いや、一度だけ」

全く覚えていないけど、それはとても申し訳ない……。

司は「ごめん」と頭を下げる。

「気にしなくていい。それにこれは旨そうだから飲む」

「邪道かもしれないけど旨いから、召し上がれ」

ソファを背もたれにして足を伸ばし、リモコンでテレビをつける。海外チャンネルだが、二ヶ国語のマークがないのに喋っている内容が分かった。

チャンネルを変えていくが、どのチャンネルから発せられる言葉も分かった。

「周令」

「なんだ？」

「もしかして局員になると、どこの言葉でも理解できるようになるのか？」

「当然だ。駿壱から聞かなかったか？」

「あー……聞いたような聞かなかったような……。まあいいや。便利だな！」

駿壱からは聞いてない気がする。おそらく言い忘れたのだ。

「局で働いている動物たちとも普通に会話ができる」

「マジか！　それは嬉しいな。肉球触らせてくれるかな。俺、猛獣の肉球を触ってみたい」

すると周令が「思ったこともない」と笑った。

「きっと俺が元人間だからだろうな。ふわふわの被毛に柔らかな肉球……猫に触っていれば猫科の猛獣に触れるのはあこがれだ」

「俺はお前に触れる方がいい」

カタンと音を立てて、周令がコーヒーテーブルに空のグラスを置いた。

どうやらコーヒーフロートはお気に召したようだ。

「触っていいか?」

言ったと同時に背後から覆い被さられて、司は「重い」と文句を言った。

「悪かった」

意外にも周令は素直に離れて、今度はソファの上で両足を抱えて体育座りをする。

これから司の「戦いの先生」になるというのに、やけに弱々しく寂しそうな雰囲気を醸し出していた。

「周令、ほら」

いつものように偉そうにふんぞり返っているのが周令なのだから、いつもの彼に戻ってほしい。司は立ち上がると、両手を広げて周令を呼んだ。

「なんだそれは」

「俺に触りたいなら、ぎゅってしてやろうかと。はい、どうぞ……」

「いらっしゃいませ」と言う前に、物凄い勢いで周令が抱きついてきた。

「俺を喜ばせてどうするんだ！　ドキドキして心臓が痛いぞ！」

「周令がおとなしいのは嫌なんだ。友達だってこれくらいすんだろ？」

「バカだなお前は！」

いきなり視界が変わったと思ったら周令に抱き上げられて、勢いよくベッドに投げ飛ばされた。

「うわっ！」

「俺は、お前の知らないお前と愛を交わしていたんだぞ？　こう、ぎゅっと抱きしめるだけで済むと思うか！」

「何すんだよ！」

「セックス………したいのは山々だが、何も思い出さないお前にあれこれしていいものなのか悩むし、まず俺が悔しい。俺と再会したら『もう一度会えると思わなかった！　愛してる周令』ぐらい簡単に言ってほしかったのに！　そこは本当に悔しい！　俺のことを思い出せないくせに『納豆』の話を出すとは何事か！　まさか自分が納豆に妬くとは思わなかった！」

ベッドに転がる司の前で、周令が仁王立ちして大声を出す。

いや、そんなことを言われても……と困惑していると、周令が「はー……」とため息をついた。

「お前に嫌われたくないのに……心の中の闇を晒してしまった」

「闇というか、ちょっと面白かった」

「なぜ」

「周令みたいなクールビューティーが、俺の前だと一人で騒ぐし、うるさいし、勝手に反省したり喜んだりしてる。……言っておくけど、バカにしてるわけじゃないからな？　いろんな周令が見られて嬉しいと思っている」

「そうか」

そうやって、そっぽを向く仕草も可愛いと思う。本人に言ったら凄い顔で怒りそうだから言わないけど。

司は「んふふ」と小さく笑い、体を起こす。

「どこへ行く」

「風呂。それが終わったら夕飯の支度。面倒だからデリバリーでも……って、ここにデリバリーなんてあるのかな……？」

「あるぞ。ファストフードやピザは三十分どころか十五分以内に来る。麺類や米類は二十分ぐらいかな。端末に注文アプリが入っているはずだ」

なんなんだこの世界。

思わず変な笑いが込み上げてくる。

「俺、ラーメンと餃子とチャーハンが食べたいな……」

スラックスのポケットから携帯電話を引っ張り出してタッチすると、ホーム画面に確かに「delivery《デリバリー》」のアイコンがあった。

「ラーメンとチャーハンはいいが餃子はやめろ」

「なんで？　最高の組み合わせだよ、これ」

「俺がいるから」

司はしばらく周令を見つめ、「あ」と声を出して「なんでそういうことを言うかな」と顔を赤くした。周令はキスする前提で「餃子はだめだ」と言っているのだ。

「……する予定はないけどさ……今回は諦めてもいい」

「俺も同じものを食べるから注文していい」

そこは「俺のも一緒に頼んでください」だろ……と思いつつ、司はアプリを立ち上げて中華のカテゴリーからラーメンとチャーハンを二つずつ頼む。

送信完了の音とともに「二十分でお届けします」とカウントダウンが始まった。

「じゃあ俺はさっさとシャワーを浴びて来る。もし俺が出て来る前にデリバリーが来たら、周令が受け取ってくれ」

「え？　え……？　俺は風呂に行かなくていいのか？」

「入って来たら二度と口をききません」

「それは困る！　俺はここで待機するから、さっさと出て来るように！」

周令が胸の前で腕を組んで偉そうに怒鳴った。

怒鳴っても、言ってることは可愛いのだ、この男。

そういうギャップに惹かれる局員も多いだろう。なにせ、怖い表情を浮かべていても面倒見がいいのだから。

きっと彼に片想いしている局員もいるだろうに、彼は司しか見ていない。それが嬉しくて、少しばかり気持ちが重くなる。

「できるだけ早く出て来る」

カラスの行水だけど、それでも仕事が終わったら汗は流したい。

司はワイシャツを脱ぎながら風呂場に向かった。

十五分で風呂場から出て来た司は、駿壱が用意したと思われる奇妙な猫のイラストが描かれたTシャツを着て、下はカーキ色のハーフパンツを穿いた。

髪をタオルで乾かしている途中で、いきなり室内に黒い翼とフリフリメイド服姿の局員が現れて「ご新規ありがとうございまーす！　これからご贔屓に！」と言いながらコーヒーテーブルに二人分のラーメンとチャーハンを置いて、周令が差し出した全店共通カードにスタンプを押してから、突然消えた。あれは確か「時渡り」という術だ。

「びっくりした……」

「すぐに慣れる。食べるぞ」

「ここだと食べ辛いから、キッチンカウンターに食べ物を移動させよう」

もし売ってるなら、畳とちゃぶ台と座布団を買おうと決めながら、ラーメンとチャーハンを移動させる。

並んでスツールに腰掛けてラーメンを食べるなんて、まるで人間界の店のようだ。

「このラーメン旨い。スープがいい味だ」

「俺もそう思う」

「しかし、日本式のラーメンが食べられるとは思わなかった。凄いな、魂管理局」

「ああ」

「チャーハンも旨い。卵と長ネギとチャーシューが口の中で絡み合って最高。最後にラーメンスープを飲むと凄く旨い。次は味噌ラーメンと餃子を頼もう」

間違いない味なので次回への期待も高い。すると周令が「まだ食べてる最中なのに次の食事の話か」と笑った。

「はは。第二の生でも旨い物を食べられるなんて最高じゃないか」

「……お前は食べることが好きだったからな」

「そうだよ。作るのはあまり上手くなかったけど」

「カレーを失敗するヤツが存在するのかと驚いたさ。作ってやると言っておいて、最悪のカレーを作ったな。野菜が生煮えでしょっぱくて、最終的にコロッケにした。コロッケは旨かったが量が多すぎた」

楽しそうに話す周令を横目に見て、司は「ふうん」と相づちを打つ。

「お前が『叔父さんたちに食べてもらう』と言って持って帰ったっけ。旨いと言ってもらえたか？　司」

「どうだろう。俺は……周令の知っている『司』じゃないから」

「あ。……そうだったな。俺との記憶がないんだった」

「俺の知らない俺は、周令とずいぶん仲がよかったんだな」

「当然だ。俺たちは恋人同士だったからな。お前も思い出せば分かる」

「じゃあ、思い出さなかったらどうするんだ？　恋人にならずにお友達のままで終わるのかな？　……まあ、それはそれで仕方ないよな。俺は周令が望む俺ではないんだし」

わざと角が立つ言い方をしている。

自分でも嫌なヤツだと分かるくらいだ。周令の話に腹の奥がむかむかするのは、人間の頃の自分に嫉妬している証拠だ。でも、自分に嫉妬しているなど認めたくない。

「別に、俺は周令のことは魂管理局で初めて知ったわけだし。どう頑張っても思い出せないなら、あんたが俺と一緒にいる意味ないよな」

思い出せなくてごめんと謝りたいはずなのに、腹立たしくて余計な言葉がいくつも出てくる。嫌われても仕方ないと思っていても止まらない。

なのに。

「お前はバカか？」

周令がなぜか余裕の微笑みを浮かべている。

「なんでそこで笑うんだよ！　その綺麗な顔でバカにしたように笑われると滅茶苦茶傷つくぞ！」

「お前、こら、司。俺はお前という存在が愛しいのだ。お前の魂が司である限り、俺はお前を愛してる。それに今のお前は、過去の自分に対して嫉妬しているな？　そこが可愛い」

「うわあああああっ！　やめろっ！　嫉妬なんてしてないっ！」

顔が、とてつもなく熱い。心臓は今にも爆発しそうなほど脈打っている。なんだこいつ、カッコヨよすぎて恥ずかしい！　そして気持ちがばれて恥ずかしいっ！

司は慌ててそっぽを向いて「だったらなんで俺の記憶が戻ることに固執するんだよ」と言った。思いの外拗ねた口調になってしまって、またしても恥ずかしい。

「……俺は謝りたい」

「へ？」

付き合っていたんだろう？　いや待て、その当時の俺は未成年だから、それについての謝罪なのか？　でも周令は局員だから人間界の法律は関係ないのでは？　でも……。

謝らなければならないこととはいったいなんなのか。

司は「なんで？」と囁くような声で尋ねた。

「だから、記憶のないお前に言っても仕方のない理由だ」

「どっちにしろ俺なんだから、俺に言えばいいじゃないか。俺という存在が好きだっていうなら」

周令が笑った。今度はさっきと違う。

照れているのか嬉しいのか、多分そういう気持ちのいい感情が混ざり合った、可愛い顔で笑った。

「可愛いな周令。だから俺に、人間界でのことを話せ。何かのきっかけで記憶が戻るかもしれないぞ！」

「……俺を忘れていることに、まだ引っかかりを感じる。悔しい。もう少し粘る」

「それに関しては謝ったろ？　何を粘るっ！」

むしろ粘らずさらりと話せ。この意地っ張り。

「とにかく、この話はもう終わりだ」

そう言って、周令は司の頭を優しく撫でた。

優しいが何かをごまかすような仕草だ。

「俺、振り回されてるよな？　なんか腹立つ」

「俺もいろいろと思うところがあるんだ。ほら、可愛がってやるからベッドに行くぞ」

「ラーメンとチャーハンの味がするキスなんてしないからっ！」

「歯を磨けばいい」

「いちいち言うなよ」

司は突っ込みを入れてからスツールから下り、どんぶりと皿をひとまとめに持ってキッチンシンクに向かった。

結局のところ。

二人で仲良く歯を磨いてしまった。

これではまるで、「今からいやらしいことをします」と宣言したのと同じだ。

司は口をすすぎながら「第二の生で性欲ばかり充実させてる気がする……」と、心の中で項垂れる。

一方の周令は、「いい物を用意した」と言って、透明な何かが入った半透明の容器を司に見せた。

「…………何それ」

「性行為で使用するローション。局員であっても性的興奮で潤うのは女性だけだ」

「どこにしまっていましたか、周令さん」

「こう……右手だけを時渡りさせて、自分の部屋から持ってくるというテクニックを使用した」

そんな器用なこと、しなくていいっ！

司は、ニコニコと機嫌のいい周令を前にして心の中で突っ込みを入れた。

「俺はもう照れて逃げたりしない。朝まで一緒にいる。そして、お前の淹れたコーヒーを二人で飲もう」

「周令…………ローションを持ったままでなければ、最高の台詞だと思うんだけど」

「司が、気持ちのいいことが大好きなのはよく知っているから、俺もいろいろと頑張りたいんだ。この努力を認めて早く俺の愛を思い出せ」

「そんな風に迫られても嬉しくないですっ！」

「………照れ屋は俺ではなくお前の方だったな。ははは」

周令が爽やかに笑い、司を抱き上げてベッドに向かった。

嫌いな相手に触られても不快なだけなので、周令のことは好きの部類に入るのだろう。

しかし彼とは「お友達」だ。周令が「恋人を前提とする」と言ってもお友達だ。そのお友達と性行為を行っていいのか？　恋愛に自由な場所だから、こういうことも「別にいいよ」なのか。自慰の延長として許されることなのか。

だが司はすでに一度許しているので、今更だめなんて言えなかった。

「周令……っ！　その、もう少し、お手柔らかに……だなっ」

「気持ちのいいことが嫌いな生き物はいない」

きっぱり言われてしまった。

もうだめだ。昨日と同じ流れになる。

「こうして毎日お前を可愛がって気持ちよくしてやる」

着ているものをポイポイと脱がされて、あっという間に全裸にされた。

ベッドの上にいるはずなのに、今から捌かれる魚の気分だ。

「俺がお前に酷いことをするわけないだろう？　俺の指の動きを思い出せ」

体に触れる指先をすぐに気持ちいいと思ってしまう。

ゆるゆると体の線を辿っているだけなのに、司の陰茎は瞬く間に勃起した。それを周令に見られている羞恥に興奮する。

「そこばっかり……見るな……っ」

「嫌だ。司が感じている証拠を見ていたい。もっととろとろに濡らしてやる」

大きく脚を開かされて、そこに周令が割り込んできた。

自分だけ涼しい顔をしやがってと悪態をつこうとしたが、彼の目が興奮して潤んでいるのが見えた途端に心臓が高鳴る。下腹から甘い痺れが湧き上がってもっと強い刺激が欲しくなった。

二度目で相手の顔を見る余裕ができたと思っていたが、余裕なんてすぐになくなった。

「しゅう、れ……っ」

なんなんだこの気持ちは……。

どうしていいか分からずにいたら周令にキスをされた。

唇の柔らかさがたまらない。司は口を開けて彼の舌を口腔に招き入れる。

「ん、ん、ぅ……っ」

何を思ったのか、周令の手で両耳を塞がれた。唾液の絡まる音が頭の中で大きく響いて恥ずかしい。なのに同じくらい興奮して、キスをしているだけなのに腰が浮いた。

「ん、ん、ん、ぅ、は、ぁっ」

周令の舌で口腔を嬲られている音が響く。

ねっとりとした水音に、頭の中をじわじわと侵されていく。

舌を吸われ、陰茎のようにしゃぶられ扱かれると、快感で目の前が真っ白になった。口の端から唾液を滴らせて周令の背に腕を回す。

そして、少しでも快感が増すように腰を小刻みに揺らした。

「ふ、ぁ、んんっ、んっ、うっ」

「よかったか？」

周令が、司の耳から両手を離しながら囁く。

頷こうとしたのに、いきなり陰茎を握られて「あああ！」と大きな声を出してしまった。

「キスだけで、こんなにも愛液を溢れさせるなんて、司は本当に可愛い」

先走りで濡れた陰茎を扱く、ぐちゅぐちゅと恥ずかしい音が響いた。

「あっ、あ、あ、あ……っ、も、イく、俺イくからっ！」

「そうだな。一度達しておけば、ゆっくり楽しめる。俺に達するときの顔を見せろ」

嫌だなんて言っている余裕はない。

とにかく陰茎に絡みついた周令の指で、射精まで導いてほしい。だから司は、自分が感じている恥ずかしい顔で周令を見上げながら喘いだ。

「ほら、達しろ」

「あ、あああっ、あーあー、は、んんんんっ」

昨日の今日でそんなに溜まっていないと思っていたら、精液が胸まで飛び散った。下腹も白濁でとろとろに濡れ、とどまり切れなかったものは脇腹からベッドへと流れ落ちていく。

「たっぷり出たな」

「なんで……そんないっぱい……」

「局員の体は高性能だから、としか言いようがない」

周令が指を舐めながら暢気に言うのを聞いていたが、その指は自分の陰茎を掴んでいたものだ。司は「汚いからやめろ」と言ったが、周令は逆に見せつけるように舐め始める。

「そんなこと……しなくていいのに……。綺麗な周令が、俺の精液を舐めるなんて」

体の芯が再び熱せられた。

射精したばかりなのに、陰茎がひくひくと震えて勃起する。

「俺の体、恥ずかしい……」

「それでいい。今度は、直に味わいたい」

太ももにかかる周令の手に力が込められた。

そのまま左足を周令の肩に乗せられる。すると腰が勝手に浮いて、何もかもをさらけ出す恰好にもかかわらず、司は激しく興奮した。

「あ、こんな、こんな恰好……俺たちまだ『お友達』なのに、こんな恥ずかしい恰好で、全部見られるなんて……っ」

「恋人前提のお友達なんだから、これくらい普通にする」

「うそ……っ、ぁ、あぁ、わざと音を立ててるだろっ、周令……意地悪い……っ」

陰茎をくわえられて顎が上がる。

鈴口を強く吸われると、強制的に精液を取られるような気がして背筋が快感に震え、浮ついた情けない声が出た。

「だめだって！　それだめだっ！　また出る！　出ちゃうよっ！　イクイクイく……っ！」

射精が早すぎるというのもあるが、周令の口の中に射精するなんて恥ずかしくて泣けてくる。

司は「だめだ、だめだ」と言いながら下腹をへこませて必死に射精を堪えるが、指で陰嚢を優しく揉まれてたまらず精を吐き出した。

尿道に溜まった残滓を吸い出すように最後に強く吸われて、過ぎた快感に涙が出た。

「味は……変わっていないな。ちゃんと、司の魂の味だ。よかった……」

精液の味は知らないが、絶対に最低の味だと思っていた。

なのに周令は飲んで平然としている。

「よくない。吐き出せ。バカ。こんなの……絶対にだめだ」

「もう飲んだ。恥ずかしいのに興奮しているのか、可愛いな司。いくらでも気持ちよくしてやる」

そんなはずあるか……と右手を股間に持っていくと、また勃起していた。

「俺のちんこ、バカになった……」

「魂管理局の局員になって、まだ二日目だ。体と魂がここでの生活に慣れようと頑張っている証しだと思え」

「情けない……」

「俺は、司の達する顔を何度も見られて嬉しい。今度は、一緒に快感をむさぼろう」

「ど、どうやって……」

「こうやって！」

肩に乗せていた足を下ろされると、あっという間に俯せにされた。

この恰好は……ヤバいだろ。滅茶苦茶ヤバいだろ。……でも、周令に触られると気持ちよくなるから、やめろと言えない自分が一番ヤバい。

背後でごそごそと音がしたので視線を向けたら、周令がパーカとスウェットを脱いでいた。綺麗な体に照れて思わず視線を逸らす。

「可愛い」

すっと腰を持ち上げられる。

「周令……セックスには心の準備が……」

「俺たちはまだ『お友達』だから、セックスはしない。二人で気持ちよくなるだけだ」

「でもこの体勢は……っ」

ベッドに顔を突っ伏したまま、司は「この体勢は、やることは一つだろ」と心の中で突っ込みを入れた。

が。

熱くて硬くて少しぬるぬるした物体を太ももの間に押し込まれて、なんとも言えない気持ちになった。

「俺のペニスをお前の太ももで挟んでくれ」

「わ、分かった……」

多分これは「素股」というものだ。

司は、自分が意外とエロ知識を覚えていることに感心した。

太ももに力を入れると、周令がゆっくりと動き出す。

自分の精液と周令の先走りが混ざり合って、ぐちゅりとはしたない音を立てた。

硬く熱い陰茎が会陰をなぞり、陰嚢を押し上げて陰茎の裏筋を擦り上げていく。

「う、く……っ、そんな場所が気持ちいいなんてっ、あ、いやだ、そこ、いや」

冷たく粘るものが、尻の割れ目にとろとろと垂らされた。

ローションだと気づく前に、その冷たさがよくて背筋が震える。

周令が、もっと滑りをよくするために、こんなところに垂らしたのだ。

「こうやって後ろから弄られて気持ちがいいだろう?」

周令に顔を覗き込まれて表情を読まれる。

「いやらしい、いい顔だ」

さっきより動きが速くなった。

会陰と性器を乱暴に刺激されて、それが嬉しくて司の陰茎から先走りが滴り落ちる。だが、陰茎で擦られるだけの刺激では達することができない。

もっと、強く激しい快感が必要だ。

「周令……っ、もっと、いっぱい動いてくれ……っ、このままじゃイけない、気持ちいいけど苦しい。イきたい」

「少し待って」

周令の息が荒くなり、さっきよりも乱暴に腰を使い出す。

やがて彼が低く呻いたと同時に、太ももに熱い何かが伝った。周令が「いい太ももだった」と満足げに言ったことで、彼が司の太ももに射精したのだとようやく分かった。

「あ………」

こんなことで、信じられないほど興奮している。どこかおかしいんじゃないかと思うほど、下腹から快感が湧き上がって、息が苦しい。

「周令、俺、なんか、おかしい。体が、おかしい……っ。早く、早く、俺に……」

触ってくれ。

恋人だったことを少しも思い出せないくせに、こんなお願いをしてしまう。

今は「お友達」で恋人ではないのに。

ずっと太ももに押しつけられていた熱く硬いもので、体の中から気持ちよくしてほしいと、恥ずかしいことを思ってしまう。

「周令、頼む」

「分かっている。泣くほどよがらせてやる」

顔を俯せ、腰を高く上げたままの恰好で待っていたら、後孔に指が一本、ぬるりと入って来た。苦痛は感じないが驚きで体に力を込める。

「力を抜いて」

「む、無理……っ」

尻に指を入れられるなんて、人間の頃の司は知っているかもしれないが、今の司は初体

験だ。力の抜き方など分かるはずもない。

「仰向けになろうか？　俺の顔がちゃんと見えた方が安心するだろう？」

「そうかもしれないけど、恥ずかしいじゃないか……っ」

「俺は司のあられもない姿を見たら興奮するし、俺に可愛がられて身悶えるお前を見られると嬉しい」

「……友達の、恥ずかしいところを見て興奮、するなんて……っ」

変態じゃないかとも文句を言っているうちに、仰向けに転がされた。

シーツは精液で濡れて不快なはずなのに、周令に見下ろされているとどうでもよくなってきた。

「好きなだけ声を上げて、よがって泣くといい」

周令が手のひらにローションをたっぷりと垂らし、両手でなじませてから左手で触れてきた。ローションでぬめる指先で陰茎を余すところなく愛撫されて体から力が抜けていく。

それを見越したように、再び指が司の中に入って来た。少しきつく感じるが苦痛はない。

「ふ、ぁ、あ……っ、中、おかしい」

「俺が、司のいい場所を忘れるはずがない」

この体は人間とは違うのに、そんなことを言われても困る。

下腹がどんどん熱くなり、勝手に高い声が出た。これが自分の声なのかと驚くほど艶めいていて、自分の声なのに興奮する。

「ここ、が、気持ちいいだろう？　まずはここでうんと気持ちよくなろう？　指の腹で、こうして叩いてやる。ああ、凄く可愛い顔になってきた」

司は感じることに精一杯で、周令の声が遠くに聞こえた。

肉壁の敏感な場所を叩かれるたびに腰が揺れ、周令の指を締め上げる。気持ちがよくて目尻に涙が溜まった。人間だった頃は、毎日こんな風に周令に可愛がられていたのか。

こんな可愛がられ方をしていたらよすぎて死んでしまう。

「や、やだっ、だめ、尻の中っ、指っ、いっぱい動いてるっ。そんな、叩いたらっ、腹の中熱くて……っ、おかしくなるっ、だめ、それだめ…っ」

「中からトントン叩かれるのが好きだろう？　司は。ここらへんが死ぬほど気持ちいいって、言ってたの忘れていない」

周令の左手が、撫でていた司の陰茎を腹に押しつける。それに合わせて中の指を強く動かした。

「ひっ、あっ、あっ、中、熱いっ、熱いっ、漏れちゃう！　漏れちゃうからだめっ！」

尾てい骨から何かがせり上がってくるような感覚。尿意に似たそれに、司が悲鳴を上げるが、周令は「ペニスを弄らないで達するだけだ」と蕩ける笑みを浮かべた。

「こんなの……っ、俺知らないっこんな凄いのっ、ひゃ、あっ、ああんっ、だめ、だめだからっ、中、トントンしたらっ、だめ、だめっ、周令っ、なか、なか弄らないで……っ、も、出る……っ」

「出るじゃなく、イくって言って。俺の指に可愛がられてイッちゃうって」

周令が顔を寄せて、目尻や頬にちゅっ、ちゅとキスをくれた。

キスしてくれたからってそんな恥ずかしい台詞が言えるかと睨んだのに、彼はいっそう強く指を動かして司を翻弄する。

「そんな強く押されたらっ、俺、も、だめ、気持ちよくて死んじゃう！　ちんこも扱いて！　一緒に扱いてっ、周令、ちんこ扱きたい……っ」

腹の中が切なくて苦しくて、両手で陰茎を握ろうとしたら「自分で弄ったら手を止める」と言われた。酷い脅迫だ。

司は「意地悪……っ」と声を上ずらせて、両手を股間から離してシーツを握りしめる。

「可愛くおねだりしてくれ、司。ずっと会えなかった分、見守ることさえ許されなかった分、俺はお前をいつまでも可愛がりたいんだ」

周令の切なげな声が司の胸を強く甘く締め付ける。

「そんなこと、今言うなんて……反則……っ」

「すまない。お前の恥ずかしがる顔が見たくて」

「ん、んん、こんな気持ちいいこと、ずっとされてたら、死ぬ……っ、あっ、ああっ、中、弄られてるっ、ひゃ、あああっ」

骨張った長い指に肉壁を叩かれるだけでなく、何度も突き上げられて敏感な部分を執拗にいじめられる。達せなくて苦しいのに、下腹が熱く疼いてもっといじめられたい。

司の陰茎は漏らしたような大量の先走りとローションでどろどろに濡れて、最後の刺激を待っていた。

「い、イきたい。周令……俺、もう、周令の指に、可愛がられて……イきたい……っ。も、無理。我慢、無理だから……っ。いっぱい可愛がってっ、イかせてっ」

「やっといい子になった」

下腹に快感の衝撃が走った。

さっきまでとは比べものにならないほど激しく肉壁の感じる場所を指で叩かれ、突き上げられて、司は力を入れて両足を伸ばして足の指をぎゅっと丸めた。

「ひぐっ、ひぁ、あ、あ、あっ、ああああああっ！　イッてる！　イッてるから！　トントンしないでっ！　いっぱいイッてる！　イッてるのにっ！　も、だめっ、だめえ、もうだめ！　イッてる。精液いっぱい出てるっ！　トントンしちゃやだぁ……っ！」

びくびくと体が快感で痙攣し、陰茎から勝手に精液が溢れ出て司の股間をねっとりと汚していく。

よすぎて一本の指も動かせずにだらしなく喘ぐ。

後孔から指を抜かれても、腹の中が熱く疼いてる。

指だけでこんなに凄いのに、ペニスを挿入されたらどうなってしまうんだろう。そもそも恋人同士にならないとセックスはしないんだから、そこまで考える必要はないか。

しかし、ここまでさせたんだから最後まで面倒を見ろ、と周令に詰め寄りたくなった。

今は恋人前提の『お友達』だが、もし司が周令と過ごした日々を本当に何も思い出さなかったら、失望して去って行くことも考えられる。

去って行かなくても、今度は義理で傍にいることもあるだろう。

こんなに落ち込むのは、きっと「賢者タイム」だからだ。死ぬほど気持ちいい思いをしたから、その反動で、こんな辛いことを考えてしまう。

「こんなの、恋人でなきゃやっちゃだめなんだ……ばか……」

まだ声が上ずっているが、とりあえずこれは言っておこう。

「ペニスを挿入してないから恋人じゃない。『お友達』のまま司の可愛い顔を見るには、こうして可愛がってやるしかないだろう？」

「何言ってんだよ、もう」

視界がよく見えないのは涙で滲んでいるからだ。周令の顔が見えない。両手で顔を何度かぬぐって、捜すように「シューレー」と名前を呼んだら、物凄い勢いで抱きしめられた。

「な、何……っ！」

「もう一度、俺の名を呼べ」

「え……？　周令？」

「違う。……すまない、なんでもない」

なんで謝るんだ？　名前を呼んでやったのに、どうして違うなんて言う？

気になった。言いたいことがあるなら言え、と思った。

しかし問いただしたい気持ちは、睡魔に負けた。


ここでなんでも手に入るなら、欲しいのはやはりコーヒー豆だ。

いい豆を手に入れたい。

あとはコーヒーミルとサイフォンも欲しい。とにかく、コーヒーを淹れるのに必要な道具すべてが欲しい。

「その前に……ちゃんと研修を終えないとな」

ワイシャツにネクタイを結びながら、鏡の中の自分に話しかけた。

結局、あの日。

とんでもなく気持ちよくなった夜の翌朝、周令の姿はどこにもなかった。

一緒にコーヒーを飲む約束をしていたのに、影も形もなかった。

ただ「急ぎの用事で出る。今度はコーヒーを飲む」とメモに走り書きが残っていた。

メモを残すくらいなら、起こして説明すればよかったのだ。

おかげで司は、酷い状態のベッドを一人で片付ける羽目になった。

本当に用事だったのだ。そうでなければ、周令が後片付けをせずに出かけるわけがない。

そうだといい。万が一、自分と顔を合わせない口実だったら許さないが。

コーヒーは、インスタントでもそれなりに上手く淹れられる自信があったのだ。

あとでそう文句を言ってやろうと心に決めた。

……と思っていたが、周令には会えなかった。

悩んだ末に駿壱に聞いたら、「ああ、仕事だ。俺の千里《せんり》、真利《まり》、十織も一緒なんだよ。危険な空が徘徊していてやっかいなんだと」と答えが返った。

どうやら急な話だったようで、副局長が緊急招集したらしい。

あれから一週間も経つが、さっぱり音沙汰はない。

大丈夫なのだろうか。あんなに俺のことを好きだと言っていたのに、会えなくて寂しくないのか。俺は別に寂しくないけど。研修が忙しいから毎日充実しているけど。たまにベッドの中で体がムズムズ落ち着かなくなったりするけど、全く問題ない。

なのに、心の中に何やら得体の知れない重い気持ちが育っていく。

「今度会ったら、まず文句を言って、それから俺の淹れたコーヒーを飲ませてやる」

司は決意とともに部屋を出て、今日の研修先に向かった。

「ちょっとぼんやりしてる？　そんなに周令に会いたいのかい？　今日には戻って来ると聞いているから、そしたら一度周令と『空狩り』に行こう」

小さな局員たちと触れ合っている最中に駿壱に言われて顔が赤くなった。

今日の研修は、新生課で小さな局員たちと触れ合うという名目の「子守」で、お昼寝のために一人一人ゆりかごに寝かしつける作業をしていた。

小さな局員たちの翼は小さくて、ぱたぱた動くだけでとても可愛い。

おまけに人なつこいので、自分に年の離れた弟か妹ができた気分になった。司は何度も「天使だ。天使がいる」と呟いて駿壱に笑われる。

「司、俺の話を聞いてるか？」

「……え？　あ、はい。『空狩り』ですよね。分かってます」

「周令が傍にいなくて寂しいのかな。いい兆候だ。周令に恋をし始めてるね」

「駿壱さん、やめて。そんなんじゃない。お友達だから。恋じゃないよ」

「そうかなあ」

駿壱が子供の世話が上手いのは、「次期局長候補」を四人も育てたからだ。本人は「そうか」とあっけらかんとしているが、新生課の局員たちは喜んで彼に小さな局員たちを預けた。

「なんか、引っかかることがあるの？」

「あの」

まあ、どんな行為をしているかを言うわけでなし……と、司は「周令の発音ですが」と口を開いた。

「うん？」

「しゅうれい、で合ってますよね？」

「それ以外の呼び方は……俺も知らない。そうだ。由に聞いてみる？　あいつ、今日は休みだから家にいるんだ。今頃は洗濯物を取り込んでいると思うから……」

端末を取り出した駿壱に「そこまでしなくても！」と言おうとしたが、周りにいるのはお昼寝中の子供局員なので大声で注意できない。

「ああ、由？　少し聞きたいことがあるんだがいいか？　ん？　今？　ゆりかごにいる。お前は来るなよ、子供たちが起きるから。絶対に来るな」

　ああだめですよ、そんなこと言ったら。逆に来ちゃうって。

「来ちゃったー」

　ほら。ほんとに来ちゃった。

　司は頬を引き攣らせて、時渡りでいきなり現れた派手な男を見た。

　キラキラと輝いてまぶしいが、プライベートなのでTシャツにデニム姿だ。足元は履き込んだサンダルで、本当に「さっきまでベランダにいました」という恰好。

「せっかく眠った子供たちを起こしちゃだめだから、新生課のラウンジに行こう」

　人間界なら「王子です」と言ったらみんな信じるだろう、正統派の王子様スマイル。

　駿壱は「お前な」と呆れているが、彼が来たならいっそ、突っ込んだ話をしてみようと腹をくった。朝起きて一人で目が覚めるのは寂しい。

「だって、千里と真利と十織が揃って『空狩り』だよ？　駿壱さんは、とても寂しい俺をいっぱい甘やかしてくれなくちゃ。だから来たんだ」

由は「一緒に暮らしているだろうが」と怒る駿壱にしがみついたまま「俺になんの用かな？」と首を傾げてみせる。

ラウンジには休憩中の新生課の局員もいて、ちらちらとこっちを見ながら「由だよ」「はー、カッコイイ」と囁き合っている。

「あの……周令のことなんですが」

「うん」

「名前の、発音」

すると由は真顔になったあと何度か瞬きをして、にっこりと笑顔を見せた。

「へえ……そこに気づいたの？　偉いね。駿壱さん、司の頭を撫でてあげて」

駿壱が「お前な」と言いつつも司の頭を撫でてくれた。育児マスターの撫で撫では気持ちがいい。

「君はきっと無意識で言ったんだね。周令の反応はどうだった？」

「凄かったです。凄い力で抱きついてきて……もう一回呼んでくれって言われたから名前を呼んだら、違うって言われた。すまないって謝られた……」

言っていてなんだか悲しくなってきた。

同じ魂を持っている「司」のはずなのに、周令に否定されたような気がした。

断じて恋ではない。「お友達」として「お前は違う」と否定されたら悲しいという気持ちだ。断じて、恋ではない。友情が消えてなくなりそうで悲しいのだ。

「ったく。あの子も欲張りだな。……そうだ司。いっそ違う局員と付き合ってみる？　知り合いに恋人募集中が何人かいるんだ」

「え」

「周令が一方的に君に迫っているんだろう？　関係も『お友達』なら問題ない」

「そうかもしれないけど、俺は」

「だって君は周令の知っている司じゃないんだから、気にしなくていいよ」

「どうして、そんな酷いことを言うんですか……？　周令は、魂が同じだと言ってくれました。だから俺は、そのうち所々忘れていた記憶や周令のことを思い出せると信じてます」

「君の件に関してはイレギュラー続きだったから、何もかもが不確定だ。信じて、でも、何も思い出せなかったらどうする？　それでも君は周令と一緒にいられる？　俺は、二人はちょっと距離を置いた方がいいと思うな」

唇を噛みしめて「ふざけるな」と大声を出さないでいるのが精一杯で、気がついたら涙が零れていた。そうなったらもうだめで、零れる涙を止めるすべがない。

駿壱が無言で由の頭を叩いた。

「痛いよ、駿壱さん」

「この子だって不安になっているの、分かってるくせに。そういうきつい言い方はやめろ」

「はっきりできるところははっきりさせておかないと、みんな可哀相になるんだよ、駿壱さん。大事なことには目を閉じて、体だけ繋げていればいい……じゃ、上手くいかない」

駿壱が何か言う前に、司が「分かってます」と言って洟をすする。駿壱は自分のハンカチを司の顔に押しつけた。

司は借り物のハンカチで顔をぬぐい、口を開いた。

「今のうちに、きっぱり線を引いて『はい、さよなら』をすれば楽なのは分かってます。でも、それができないでいる。周令の傍にいたい自分がいる。友達だから。あいつを放っておけないというか……。もちろん友達としてです。だから俺、まだ周令の傍にいようと思います。あいつが俺を放り出すなら別ですが、友達として、そう、大事な友達として傍にいたいなと」

駿壱と由は顔を見合わせ、司を見て、再び顔を見合わせた。

しばしの沈黙のあとで駿壱が笑いながら司の頭を撫でる。

由は「なんだそれ」と呆れた。

「周令は、ここに来て初めてできた友達だから……大事だから、俺は、自分から彼の傍を離れたくないです」

「それでいい。何かあったら俺が相談に乗るから、俺のことも友人だと思ってくれ」

駿壱の申し出に「ありがとうございます。駿壱さんも、もちろん俺の大事な友達です」と泣き笑いの顔になる。

「あの俺は？　彼は駿壱さんのパートナーで、生まれたときから駿壱さんを愛し続けているんだけど……」

「次期局長候補の人を、友人と呼んでいいんですか？　恐れ多い」

「呼んで。俺だって君のことを心配している。君の記憶に関して俺は責任があるんだ」

「じゃあ、友達で。よろしくお願いします。ところで由さん、俺の記憶に関することとは」

「それは言えない。周令と二人で解決して」

やっぱりそうか。この次期局長候補は、甘いのは顔だけのようだ。

「分かりました。俺、頑張ります」

「そうだな。周令が戻って来たらすぐに『空狩り』だからな」

うんうんと頷きながら言う駿壱に、由が「俺も行きたいんですけど」と口を挟んできた。

「お前が来たらすぐに終わっちゃうだろ？　司の研修なんだから」

「黙って見てる。俺は駿壱さんの傍にいたい」

「いや、しかし……」

「静かにしてる。だから帰宅したらご褒美セックスさせて。今夜はバックから滅茶苦茶に犯したい」

「自宅待機だ。そしてご褒美はない」

駿壱の顔が赤い。その横で由が「そんなー」と甘ったれた声を出している。

見ているこっちが照れくさい関係だが、幸せなのは十分伝わった。

そして新生課の主任に「風紀が乱れるから、由さんは帰宅して」と怒られる。

「じゃあ、俺は帰るよ。駿壱さんは、俺に空狩りの場所を教えといてね」

由は、頷いた駿壱の唇に自分の唇を押しつけてから時渡りした。

「大胆ですね」

「あいつは独占欲が強いんだよ。俺はどこにも行かないってのに。いつもあんなだ。本当に可愛いヤツだよ」

こういうのを余裕の表情というんだろう。

それに、軽口を言い合っていても、信頼関係があるのがよく分かる。

「さてと。俺たちは修練場に移動しよう。そして、昨日のおさらいだ」

周令が強引にカスタマイズした司の槍は、どうにか出し入れ自由にできるようになった。

戦い方も駿壱に習った。

「本当は周令が教えるはずだったんだけど、あいつは急用でどうにもならなかったから」

「駿壱さんの教え方は分かりやすいです。凄くありがたい」

「そう言ってくれると嬉しいよ」

駿壱が、司の肩を叩いて安堵のため息をついた。

研修は順調だ。人間たちの生活習慣もかなり把握した。

この調子なら一ヶ月はあっという間に過ぎるだろう。報告書も毎日欠かさず書いている。

ただし、ここで知り合ったたった一人の少年のことを除いて。

「当時の俺にできたのはインスタントのコーヒーを淹れることだけで、でも叔父さんと叔母さんはとても美味しいと笑顔で言ってくれた。それで俺は、この仕事に就こうと思った。誰かを笑顔にしたいと思った。きっかけなんて、誰もきっとそんなもんさ」

将来の夢を、大人びた言葉で締めくくって照れ笑いする少年をとても大事に思った。

◆

周令は、あれからよく司と会っていた。

会っていた、というよりも司が一方的に周令のアパートを訪れた。

絶品のコーヒーを淹れるくせに料理になると不器用で、周令は何度もまずい料理で腹を満たすことになった。納豆をトーストに載せる暴挙に驚愕した。まずいカレーなど生まれて初めて食べた。オーブントースターで焼くだけなのにパンも焦がす。ラーメンは「いつまで茹でればいいのかな？」と真顔で言われた。伸びた麺は古今東西くそまずいというのを知った。

それでも、二人で分け合って食べると楽しかった。こんな楽しさは、魂管理局でも味わったことはない。

人間などに必要以上に近づかない……と思っていたはずの周令は、気がついたらこの生活にハマッていた。毎日が楽しい。

司が傍にいてくれるだけで楽しい。

仕事は「日本建築を見に来た建築士だ」と言うと、「今から行こう！」と近所の有名なビルや家屋に連れて行かれた。

日本建築に興味などないのだが、有名な建築物の傍には大抵カフェがあり、そこに二人で入り浸るのが習慣になった。

もっとも司には学校とカフェのバイトがあるので、時間に制限がある。

「俺ってシンデレラかよ」と嘆く司に、「魔法が解ける前に帰宅だ」と言うのも一度や二度ではなかった。

積極的だが無理強いはせず、時々何か窺うように見上げてくるのが子犬のようで可愛い。

そんなとき、周令はよく頭を撫でてやった。

司は、たちまちこのアパートに泊まり込むようになった。保護者は「近所だし」「悪いことしちゃだめよ」と言うだけで全面的に司を信用しているらしい。

それに、お互いちょっとした余所余所しさがあって、それも放任に拍車をかけている気がする。

「友人はいないのか?」と聞いたことがあるが、「クラスメートはいる。みんな仲いいよ。ただ俺はバイトをしてるから放課後まで一緒にいるヤツはいない」と言われた。

大丈夫なんだろうか。これで人間界を生きていけるんだろうかと心配したものだ。

「俺は夢に向かって頑張ってるんだと言うと、みんな応援してくれる。心配しなくて大丈夫だ」

コミュニケーションに関しては周令も人のことを言えた義理ではないが、信頼関係はちゃんと築けていると確信しているので、余計に司のことを心配したのだ。

自分の知らないところでいじめられていたら、抱きしめて慰めることもできない。

……と、ここまで考えて周令は首をひねった。

なんで俺が人間を慰めなくてはならないんだ、と。

しばらく悩んで、「司と一緒にいるのは楽しいし特別だから、俺が慰めるのは当然か」と納得した。

ただ、提出する日々の報告書には、司のことは一切記載しない。これは出会ったときからだ。報告書には「人間と接触。生活態度を見守る。学習した」と記すだけ。

自分でもなぜこんな不正めいた文章をと思ったが、周令はどうしても司のことは秘密にして、自分だけのものにしておきたかった。

勝手知ったる他人の家か、司が今日も学校帰りに周令のアパートに寄り、教科書とノートを広げて宿題をやっている。

制服のジャケットを皺にならないよう、ハンガーにかけているところがちゃっかりしている。

出会ってから毎日ここに来て、こうして勉強したりここからバイトに行ったりしている。料理は下手だが、掃除と洗濯は上手い司が担当していた。

「お前バイトは？」

周令はノートパソコンを膝に載せ、指導教官に送る報告書を作成している。司に見られてもすぐに理解できないよう英語で入力していた。

ずいぶん慣れたので、最近は「今日食べたパンは××という店で、ここの食パンは素晴らしい」という感想までつけていた。

「今日はなし」

「それはなんだ？」

「英語のテキスト。……コーヒーの専門用語は大体分かるんだけど、文法が難しい。俺、頑張らないと」

「そうか」

近頃めっきりカジュアル志向になり、今日もVネックのサマーセーターに黒のコットンパンツを合わせていた周令は、こうして司と会うことを楽しんでいた。

最初に接触したのが彼で本当によかったと思っている。

今はどんどん着替えが増えて、ここは司の第二の家になっている。保護者には連絡済みらしいが、三日に一度は「ここにいていいから、保護者に顔を出して来い」と言った。どんなに大人びて見えても、まだ高校生なのだ。大事があってからでは遅い。

「そうだ。こないだ帰ったときに、叔父さんと叔母さんに『高校を卒業したら語学学校に行かせてください』って頼んだんだ」

司が顔を上げて笑顔になる。

「どうなった？」

「逆に『大学に行きなさい』って怒られた。アパートを借りて大学に行くくらいのお金はあるんだから、心配しないのって言われた。大学行きながら語学学校って行けるかな。二十歳になったらイタリアかシアトルに留学して、向こうでバリスタ資格を取るためにさ、やっぱり語学は大事だ」

「コーヒーなら、オーストリアも勧める」

「だよなあ。シューレーがいろんな国のコーヒーを知っててよかったよ。最初に見たときは……」

そこまで言って、司が口を閉ざして「えへへ」と笑った。顔が赤いのが可愛い。

「どうした？」

「なんでもない」

「言ってみろ。聞いてやるから」

「シューレーは……ずっとは日本にいないんだよな」

「まあ……仕事で来ているから、いつかは戻る」

「そっか。そうだよな。うちに下宿してる留学生たちも短いと一ヶ月ぐらいで帰国しちゃうしな……。シューレーは、あとどれくらい、日本にいる？」

一ヶ月で帰るので、来週末には魂管理局に戻ります……なんてことは言えない。

かといって嘘をつくこともできずに「そうだな……」と言葉を濁すしかなかった。

「俺、初めてシューレーを見たとき、本当に綺麗な人だなって思って。背が高いけど男か女か分からなくてさ。でも、どうにかして知り合いたいと思って……声をかけたんだ」

耳まで真っ赤になって話す司を前にして、周令は胸の奥に痛みを覚えた。

それは不愉快な痛みではなく、むしろ、もう少しこのまま味わっていたいと思う痛み。

これは危険な痛みだと本能が告げているが、どうしようもできない。

「ごめん。俺、おかしいんだ。シューレーと一緒にいるのが楽しいのに、時々凄く辛いんだ。だからこうやってシューレーのところに居座らない方がいいのに……シューレーの顔を見ないともっと辛い」

司は「シューレーもそのうち帰国しちゃう。俺は寂しい」と言ってノートに顔を突っ伏した。

周令はノートパソコンを閉じて脇に寄せると、司の傍にしゃがみ彼の頭を優しく撫でる。

「司、ほら、顔を上げろ」

「今、変な顔してるからだめだ」

「いいから、顔を上げて俺を見ろ」

おずおずと顔を上げた司の頬に涙の跡があった。

「初めてシューレーを見たとき、綺麗で、凄く、綺麗で、夜明けの太陽みたいにキラキラしてた。俺の……ずっと俺の傍にいてくれないかなって、俺に話しかけてくれないかなって思った。シューレーも俺も男なのに、こんなのおかしいって分かってる。ごめん……」

ぼろぼろと泣きながら言葉を綴る司が可愛くて、周令は彼の頬を両手で包んで「おかしくない」と言った。

「俺、シューレーに一目惚れしたんだ。誰かを好きになるのに時間なんて関係ないんだな。

それで……っ、こうやって会うようになって、シューレーが凄くいいヤツだって分かって、俺もう、どうしていいか分からなくて、シューレーが好きだよ。好きだ。凄く好き。だから俺のこと、気持ちよく振ってくれ。そうすれば、いつかきっと諦められる」

司は「うええ」と小さな子供のように声を上げて泣いて、「好きになってごめんなさい」と繰り返した。

ああもうだめだ。この胸の奥の痛みを、堪能したくてたまらない。

「お前を振ってなんかやらない」

「じゃあ、どうするんだよ……っ」

拗ねた言葉を吐く唇に、自分の唇を押しつけた。

「ふぁっ！　な、な、何したっ！　今、何したっ！」

「俺もお前が愛しい。これからは長距離恋愛になってしまうが、それでも、お前が愛しいと思う気持ちは変わらない」

そう言ってもう一度キスをする。

司はこういうことは初めてだろうから、ただ唇を触れ合わせるだけのキスを繰り返した。

そのうち気持ちが落ち着いてきたのか、司は「ふう」と息をついて両手で顔を擦る。

「だったら俺、シューレーの国に留学する」

「それは……ちょっと………」

「実は国に残してきた恋人がいるのか？　だったら俺は二番目か。恋人になれなくても、それでも……シューレーを好きでいていいなら我慢する」

しゅんとして視線を逸らす司が、胸が張り裂けそうなほど可愛くて息が苦しい。この呼吸困難をどうにかするには、もう、何もかも言うしか——。

「司。俺の正体を……明かす」

何をやっているんだ、やめろと、頭の中の冷静な部分が周令に忠告する。こんなことをしたらただでは済まない。今ならまだ間に合うと優しく囁く。

分かっている。すべて理解している。自分はなんて愚かなことをしようとしているか、ちゃんと分かっている。

けれど。

「シューレー……っ！」

司が目を見開いて、「天使」と声を震わせる。

「本当にいたんだ……天使は本当に………なんて綺麗なんだろう。真っ白な翼がキラキラと輝いている。シューレー……とても綺麗だ」

人間の前に正体を晒す。

まだ研修中の身とはいえ、周令はその長身と容姿に見合った美しく堂々とした翼を持っている。それをこの小さな部屋の中で広げたので、翼の先が壁に擦れた。

キラキラと輝く翼に、司は目を細めてうっとりとした表情を浮かべた。

「天使ではない。俺は魂管理局の局員だ。今は訳あって、地上で人間のように暮らしている」

「たましいかんりきょく？　天使が仕事か何かしているのか？」

「そうだ。黒い翼を持つ者もいるから、正確には天使ではないが」

周令は、司を包み込むようにゆっくりと翼を動かす。

「人間じゃないってことで……合ってる？」

「合っている。だが、お前を想う気持ちは人間と変わらない。これが、愛というのだろう？」

周令は微笑んだ。

司がいきなり周令にしがみつき、「俺はシューレーが天使だってこと誰にも言わないから！」と何度も誓う。

「そうしてくれ」

ああ、やってしまった。とんでもないことをしてしまった。人間に正体を明かした。ごまかすこともできない。まさか自分が人間と恋に落ちるなんて。

人間に姿を見られるだけでなく正体まで明かした。

この罪にどんな罰が待ち受けているのか分からない。局員としてのすべての力を失って人間の世界に落とされるかもしれないし、お前はいらないと魂だけの存在となってクリーニングされるかもしれない。

今までそんな禁を犯した局員はいないから、どんな運命が待っているのか想像がつかなかった。

「シューレー……俺に本当のことを話してくれてありがとう。確かに……天国とここじゃ長距離恋愛になるよな。大丈夫、俺は我慢できるよ。大好きだシューレー……」

その微笑みを見て、周令の心の中に残っていた魂管理局への思いが消し飛んだ。

グラスに入った氷が音を立てて崩れるように。風船が木の枝に擦れて弾けたように。いとも簡単に。

誰かを愛することが罪ならば、いくらでも罰すればいい。そもそも魂管理局の規則に、「どうして人間と恋に落ちてはいけないのか」などと記されていない。

ただこれは禁忌だと繰り返されているだけ。

だったら、ぐだぐだ考えるのは性に合わない。

もういい。決めた。決定だ。愛は素晴らしい。俺は司と愛に生きる。こんな愛らしい生き物を放って魂管理局に戻ることなんてできるか。

翼なら返してやる。得た力も返上しよう。武器なんてこの世界に必要ない。

司がいてくれれば、それでいい。俺の太陽だ。

そうだとも。俺は司と同じ時を生きたい。

周令は心に固く誓い、そっと司を抱きしめる。

「でも今は、こうして……距離がゼロだ。凄く近い」

「うん。天使？　局員？　どっちでもいいや、俺が好きなのはシューレーだ。何があっても、俺はシューレーが好きだ。シューレーと一緒に生きたい」

愛しくて愛しくて涙が出そうになった。実際、視界が潤んだ。

彼も同じことを思っていてくれたなんて。

司は人間なのに、俺と同じことを思った。

「長距離になどならない。俺はここでお前の傍にいる」

「ほんと？」

「その前に、所属しているところに出向かなければならないが……」

「いいよ。俺待つよ。時間ならいっぱいある。シューレーが俺のところに戻って来るのをずっと待つから…………必ず戻って来てね？」

食べてしまいたいほど可愛いという言葉は大げさだと思っていたが、ただの事実だった。

周令は右手で司の顎を掴んで上を向かせ、噛みつくようにキスをした。

司の何もかもを奪って自分のものにして、自分を彼に与えたかった。

「んっ、あっ、は……っ」

熱く潤った口腔を舌でかき混ぜてやると、司は顔を赤くしてひくひくと体を震わせる。

ああ、なんて可愛いんだと、そのまま床に押し倒してワイシャツのボタンを外していく。

すると忙しげに呼吸する薄い胸が露わになった。

「シュー……レー……、俺」

「怖いか？」

「怖く、ない。シューレーにされることで、怖いことなんかないよ……俺の綺麗な天使」

「そうだ。俺はお前を可愛がりたいだけだ」

「俺……凄くドキドキしてる。シューレーに触られただけで、嬉しいよ」

視線を下ろすと、司のスラックスは股間が不自然に盛り上がっている。

「ああ、本当だ。可愛いな司」

スラックス越しに指先で引っかいてやると、司は「あ」と可愛い声を上げて両手で顔を覆った。初々しい仕草に周令の喉が鳴る。

「天使がそんなことしていいの？　シューレー」

「いいんだ。俺は司だけの天使だから」

「そっか。だったら俺……もっとシューレーに……気持ちよくしてほしい」

お前の方が天使だな。

周令は司が愛しくて愛しくて、顔を覆っている司の手に何度もキスを落とす。

「顔を見せてくれ、司」

「変な顔をしても、嫌いになったりしない？」

「しない。逆にもっと好きになる」

司が顔を見せながら「シューレーは優しい」と小さな声で言った。

「そうだ、司」

周令は司の耳元で「夜空を飛んでみたくないか？」と囁く。

「え？　空？　飛びたい！」

司が周令の首に両腕を回した。

それを合図に、遥か上空へ時渡りをする。

爽やかな風に髪が揺れた。

翼を大きく広げて風を受け、更に上空へと舞い上がる。

「シュー……レー……、目、開けてもいい？」

「いいぞ。地上が綺麗だ」

落とさないようしっかりと抱きしめていたら、腕の中で司が「すっごい！」と叫んだ。

自分には見慣れた光景だが、翼を持たない人間には違って見えるのだろう。

「凄い……道路に沿って明かりがある。ビルの明かりも綺麗だ……俺たちがここにいるってばれない？」

「ああ。問題ない」

結界の張り方は研修生の中で一番だ。誰かに見られることはない。

所々に小さな「空」がうごめいているのが見えたが、今は見逃してやる。

「こんな風に空を飛んでいるのか……。シューレーと同じ景色を見られて嬉しい」

「俺もだ。とても嬉しい。愛しているよ、司」

月夜に照らされながら甘いキスを繰り返す。

司がキスの合間に「ヤバい、気持ちいい」といたずらっぽく笑ったせいで、胸がきゅっと甘酸っぱく痺れた。

住まうアパートの傍に「空」がいないことは確認している。

周令は司が喜ぶようにわざと大げさに翼を動かして、ゆっくりと地上に降りた。

二人が初めて出会った公園の、紫陽花が咲いていた花壇の傍だ。

司は空を見上げて「あそこから降りて来たのか」と感心する。抱きしめていると心臓が早鐘のように鳴っているのが分かる。

まだ興奮していて可愛い。

夜の図書館は綺麗にライトアップされ、遊歩道はライトに照らされているが、紫陽花の花壇は月明かりだけに照らされている。ようやく盛りを迎え、青や紫のグラデーションの

装飾花が美しい。

「月明かりの下でも綺麗だ……」

「そうだな。だが俺は、花でなくお前を愛でたい。月明かりに照らされて、可愛らしい声を出してくれ」

「あ……っ」

結界を張っていれば、自分たちがここで何をしていようと人間には分からない。声も聞こえない。

周令は翼で司を包み込み、キスをしながら体を移動させて背後に回った。

「ん、ん……、んっ」

司が甘いキスに酔っているうちに、ベルトを外してスラックスのファスナーを下ろした。するとスラックスはいとも簡単に足元に滑り落ちる。司が身にまとっているのは、今は脱げかけのワイシャツと下着だけだ。

「あ……、こんな、ところで」

「大丈夫。俺の翼の中は暖かい」

「あ、ふ、んん……っ、シューレー……気持ちいい」

下着の上から指でなぞるだけで、司は大きな染みを作る。敏感なのだと分かって嬉しい。きっと信じられないほど気持ちよくなれるだろう。

「司、ほら……紫陽花が綺麗だ……」

周令は右手を司の下着の中に入れて、果実のような性器を手のひらで柔らかく愛撫した。手のひらが先走りですぐに濡れる。

「それ、そうやって……弄られるの、気持ち、いいっ、シューレー……気持ちいい」

「うん。とろとろになってる。司の体が全部見たい。いいか？」

耳を甘噛みしながら囁いたら、司は素直に頷いて、自分で下着を脱いで足元に放った。

翼に包まれた司の体はどこもかしこも美しい。

まだ薄い胸も、淡い陰毛の中で恥ずかしそうに勃起している陰茎も、すべて自分のものなのだと思うと、周令は喜びでおかしくなりそうだった。

「ああ、綺麗だ。司。俺の司……。愛してる」

改めて抱きしめ、キスをする。

すると司もたどたどしく舌を動かして応えてくれた。

「可愛い」

キスをして耳を甘噛みし、陰茎を掴んで、少し包皮に包まれている部分を引っ張って桃色の亀頭を露出させる。外気に触れた刺激に司は「あ」と声を上げたが、周令の指の動きに身を任せていた。

「気持ちいい。恥ずかしいけど……シューレーが触ってくれるの、嬉しい」

自分の陰茎から先走りが糸を引いて滴り落ちる様子を見て、「あ、あ」と感じて体を震わせているのが可愛い。もっと気持ちよくさせてやりたい。

「もっと、よくしていいか？」

手のひらで下腹から脇腹、そして形のよい尻を撫で回し、優しく揉みながら、尻の割れ目に指を這わす。

後孔に指を押し当てられたとき、司は息をのんだ。

「すぐにしない。大丈夫。ちゃんと慣らしてから……」

「シューレーがしたいなら、していいんだ。俺、今も頭の中がふわふわで……凄く気持ちいいから」

「俺はお前を奪おうとしているんだ」

「いいよ。シューレーに奪ってほしい。だから、俺のことずっと好きでいて。俺が死ぬまでいいから」

司は「きっと天使と人間じゃ寿命が違うし」と笑って、周令の頬に頭を擦りつけて甘える。

「そんなこと考えるな。言うな。俺がすべて……どうにかしてやる。一緒にいられるように、俺が、どうにでも……」

「うん。シューレーを信じてる。大好きだシューレー」

「大好き」と囁く司の声が、徐々に切なげな喘ぎ声へと変わっていく。

周令は司の体を奪い、暴き、果てしない快感でうねる体の中にしたたかに精を放った。

夢中だった。

何度も本気で噛んで、肩や首に噛み痕を残した。

好きすぎて食らい尽くしたいなんて、初めて思った。

◆

「そうそう、重心を下げて！　その調子だ！」

魂管理局局員は、ずいぶんと身体能力が高い。

翼があって空を飛べるだけでも凄いのに、ある程度戦えてしまう。現に今、司の相手をしている駿壱も、さっきまで武器を持たずに戦っていた。

今は、「はい、打撃」と笑顔で剣を振り回してくる。怖い。

「小さな『空』なら戦っても大丈夫かな。たまに小さな『空』が合体して大きくなったりするんだよ。あれは初めて見たとき笑ってしまった。ゲームのスライムかってね」

駿壱が笑う。

司は覚えている限り人間のときにテレビゲームをしたことがないので「そうなんですか」ときょとんとした顔を見せた。

「ゲーム、面白いよ。俺は人間のときはボケ防止にプレイしてた」

「へー……」

「こうやって戦うのもアクションゲームみたいだけどね」

今の空間は野原で、空には雲雀《ひばり》が飛んでいるなんとも牧歌的な空間だ。

「うわ……もう夕飯の時間だ。食堂で食べる？　それとも街に繰り出す？」

駿壱が腕時計を見て「食堂がいいかもな。第二食堂がステーキとピザの日なんだけど、行ってみないか？」と誘ってくれた。断るわけがない。

「ステーキとピザ！　行きます！　局員ってなんでも食べるんですね。デザートはパフェなのかな？　ケーキやクレープでも嬉しいけど」

「確かにパフェもメニューにいっぱい載ってる。みんな旨いよ。チャレンジパフェさえ頼まなければ幸せな気持ちで帰宅できる」

チャレンジパフェ……。

それは多分人間界にも存在している。完食できたらお代は結構。場所によっては金一封もある。しかし魂管理局に金銭は流通していないので、完食の写真を飾られておしまいだろうか。

駿壱はスーツから端末を取り出して電話をかけている。

「もしもし？　由か？　まだ周令たちが戻って来ないようだから、食堂で夕飯を食べようと思う。うん……うんそう。ステーキとピザだ。……分かった。待ってる」

「もしかして由さんも一緒ですか？」

「ああ。すぐ行くって喜んでたよ」

「三人いれば、でかいTボーンステーキを頼めますね。あと魚介のピザ。絶対に旨い」

「チャレンジステーキもあるけど……苦行になるから普通のを食べよう」

「はい！」

肉は旨くて力が出る。司はわくわくしながら駿壱のあとに続いて修練場を出た。


第二食堂は、仕事帰りなのだろうスーツ姿の魂管理局局員が多かった。

四人席のテーブルに二人で腰掛け、駿壱が先に「本日の牛」を注文する。

飲み物は麦茶だ。

「肉を食べたいのでアルコールはなしだ」

「は、はい。ところで今日の牛って……？」

「全部位を美味しく調理してくれる、『ありがとう牛肉！』だ。ちなみに尻尾はスープになるよ」

それ絶対、人間界の店をお手本にしてるよな……。

司はそんなことを思いながら、エプロン姿の局員が「はい、麦茶！」とテーブルに置いたグラスとデカンタに驚いた。

「デカンタに麦茶か……」

「それが空になったら、今度は自分たちで貰いに行く」

「はい。そのときは俺が貰って来ます」

司は笑顔で頷いて、まず二つのグラスに麦茶を注ぐ。

「もう一つ、麦茶をお願いするよ、司」

かけられた声にびっくりして顔を上げたら、向かいの席にスーツ姿の由がいた。

「こんばんは」

キラキラ王子様の出現で、周りのテーブルがざわめく。「由だ」「由がいる」とキャッキャする局員もいれば、「一緒に写真撮って」と言ってくる者もいて、由は「みんなで写真を撮ろう」と提案する。決して二人きりで写真を撮らないのは、きっとパートナーの駿壱に対する配慮だ。

司は、この人は本当に凄いな……としみじみ思う。

「駿壱さん、俺、ハンバーグも食べたいんだけど。目玉焼きが載ってるヤツ」

「いいぞ。三百グラム？　それとも五百グラムか？　みんなで食べるなら一キロもありだろ。ソースを何種類か貰えばいい」

「それいいね！　ソースは、ハンバーグソースとテリヤキとハニーマスタード……かな？　それでいい？　司」

話を振られて「はい！　それで！」と答える。

そしたら今度は横から「バーベキューソースだ。テリヤキはいらない」と声が聞こえた。

「周令……！」

「ようやく仕事が終わった。そして……なんでこのメンツなんだ」

周令も同じテーブルに着いたので、司は彼のグラスに麦茶を注ぐ。

周りのテーブルからは「戦闘力が高いな、あそこ」「由と周令がいるからキラキラ度が高い」などと言われた。

「一キロのハンバーグって……想像つかない」

どのソースでも美味しく食べる自信がある司は、巨大な肉の塊を想像して笑った。

「だったらソースは欲しいものを全部頼もう。あと野菜もな？　みんな野菜を食べなさい」

駿壱は笑顔で言い切ると、「すみませーん！」と給仕の局員を呼ぶ。

すると向こうの席から「駿壱さーん！」「俺たちじゃんけんに負けた！」「一緒にご飯食べたい〜」と恨めしそうな声が聞こえてくる。

司は、十織は分かるがあとの二人は知らない。知らないが、黒髪ボブヘアの局員と黒髪短髪の局員は、どちらも美少女美少年だった。

駿壱が彼らに「あとでまたうちに食べに来なさい」と言って慰めたら、「きゃー！」と嬉しそうな声を上げたので、司は前に聞いた「駿壱が人間の頃に育てた局員」なのだろうと察する。

「この席に着くのに、四人でじゃんけんした。そして俺が勝った。それだけのことだ」

周令が簡単に説明し、由が「どうしてもここに座りたかったわけか」と微笑んだ。

「俺は、周令と一緒に食事ができて嬉しいよ？」

そう言って司は周令の顔を覗き込むと、彼は右手で顔を隠してそっぽを向く。耳が赤いので照れているのが分かった。そういうところが、ちょっと可愛い。

駿壱と由は見て見ぬ振りをして「俺は、肉を食べたあとに駿壱さんを食べたい〜」「お前な、食欲と性欲を一緒にするな」と、少しばかり恥ずかしい会話をしていた。

「周令」

「あのな」

「うん」

「急ぎの仕事で、お前の淹れたコーヒーが飲めなかった。すまない。今度こそ、一緒に朝を迎えて、コーヒーを飲もうと思っている」

「……っ！」

怖い顔だ。怖い顔で真剣に謝罪してる。

いつもはどこからどう見ても「俺様周令様」な態度なのに、今は主に叱られた犬のような顔をしている。ちなみに周令なら犬種はドーベルマンだろうか。

「あー……」

「俺がこうして謝罪しているんだが？　お前はどういう考えだ？」

そんなに気にしていたのかと、思わず「可愛い」と言ってしまった。

「周令のことはまだまだよく分からないけど、でも、ちゃんと謝罪できるから、いい人だっていうのは分かるよ。……最初はインスタントだけど、そのうち道具を買い揃えるから本格的なコーヒーも飲んでくれ」

「いい人、か……。まだその段階なのか。愛を感じたりはしないか？　俺を愛しいと思ったりはしないのか？　俺はお前と」

「おまちどおさまですっ！　牛ですっ！　こっちはテールスープね！　器と皿はこっち！　温かいうちに食べてねー！」

凄いタイミングで、チャイナ服姿の局員がワゴンを押して現れた。

ワゴンには注文したものが山のように載っている。

「旨そうだな。ほら由、取り分けてあげるから皿を出せ。司はテールスープを器によそって。周令は野菜のボウルを真ん中に置いてくれ」

何事もなかったかのように駿壱が指揮する。

周令は「俺の後輩のくせに」と唇を尖らせたが、人間として生きた「八十二年」の経験を持つ駿壱には、それ以上強く出られない。

「悔しい……俺だって百年も生きれば……」

それでも素直に野菜の入ったボウルをテーブルの真ん中に置く周令に、駿壱が「どっちにしろ経験値の差は狭まらないだろ」と突っ込みを入れた。

「ううう……悔しい」

「悔しがるのはあとにしよう、周令。肉が旨い」

こんな旨い肉、人間のときに食べたことなどなかった。口に入れた途端溶けてなくなるくらい柔らかい。皿に取り分けられた部位がどこかはよく分からないか、とにかくどこもかしこも旨いからいい。

司は目を輝かせて、早く食べようと急かした。

「……司がそう言うなら」

それ以降、食事を終えるまで周令はおとなしかった。

黙々と食事をするところは、まるでカニを食べるときみたいだと思ったが、それを口にしたら拗ねそうなのでやめた。

巨大ハンバーグも最高に旨かった。

野菜を食べろと駿壱に注意されたので、ナンを頼んでハンバーグと野菜を一緒に挟んで食べたら信じられないほど旨かった。口に入れたら肉汁が滴るので綺麗に食べたい人には向かないが、このテーブルは男四人なので気にしない。

周令が無言で紙ナプキンで口を拭いてくれたのが、照れくさかったが嬉しくもあった。

「凄く旨いけど、毎日食べたら確実に太るな……」

ハニーマスタードソースの即席ハンバーガーを食べ終えた司は、ふうと一息ついて麦茶を飲む。駿壱も休憩を取って麦茶を飲んでいた。

真剣な顔でずっと食べているのは由と周令だけだ。

「司。思う存分食べておきなさい。一息ついたら、人間界で実地訓練だ」

駿壱の言葉に、司の表情が引きしまる。

そうだった。

本物の「空」を倒しに行くのだ。

司は真剣な顔でロースステーキを切り分けて口に運んだ。そろそろ満腹になりそうだが、肉はとても旨かった。

「これは訓練だ。初陣というわけではない。お前は好きに動け。俺が合わせてやる」

周令が、淡々と言いながら司のネクタイを締め直す。

「分かった」

「由と駿壱が一緒だし、大事が起きても駿壱が人間だったときに育てた『次期局長候補』の三人が控えている。緊張するな。肩の力を抜け」

「空を上手く飛べないけど、大丈夫かな」

「俺が手助けする」

周令が助けてくれる、その一言が頼もしい。

「そうだな。だったら安心だ」

「あ、少し待て。ハンカチは持ったか？」

地上に向かうゲートの前で、周令に身支度を調えられる。ハンカチはもちろんのこと、迷子にならないよう端末もしっかりスラックスのポケットに入れた。

「そろそろいいかしら？」

ゲートキーパーの、ユキヒョウのユキちゃんが「いちゃいちゃもほどほどに」と付け足し、太く長い尻尾でデスクを叩いた。

「大丈夫です！」

「いいお返事。じゃあゲートを開けますねー。みなさんお気を付けてー！」

地上に向かうゲートならもっとこう派手な造りでもいいだろうに、なんだろう、この倉庫感。ユキヒョウは事務のお姉ちゃんか。

そう思って首を傾げていたら、駿壱が「セレモニーとは違うから、これくらい殺風景な方がちょうどいいんだ」と小声で教えてくれた。

「翼認証、開門」

由の声に、みなが背から翼を出す。

みな立派な翼で、いつか自分もああなれるんだろうかと不安になった。

「司。俺の手を」

差し出された右手をそっと掴むと、力強く握り返された。

俺が傍にいるから安心すればいいと雄弁に語る体温に励まされて、司は周令を見上げる。

彼をよく知っている自分だったらよかったのに。きっと周令が喜ぶことを言ってやれた。

「研修とはいえ『空狩り』なので、気を抜かないこと。絶対にはぐれちゃだめだよ」

そう言って、由が真っ暗な空間に入って行く。そのあとに駿壱も続いた。

「あの真っ黒なところがゲート？」

「そうだ。俺が手を繋いでいるから大丈夫」

「一緒に入ってくれるの？　あの黒いところに」

「そうだよ」

周令が小さく微笑む。

「……周令が優しくて、俺泣きそうなんだけど」

「は？　泣くな。ほら、行くぞ」

司は周令に抱きかかえられるようにしてゲートに入った。


瞬きするほどの、ほんの一瞬。

気がついたら司は夜空を飛んでいた。正確には、空を飛ぶ周令に牽引されていた。手を繋いでいなかったら、真っ逆さまに落ちていたのだ。

ここはどこの国だろう。日本だったらいいなあ……と思いながら、街を彩る明かりを見た。大小の看板の電飾がまぶしい。車のテールランプもたくさん見える。ビルの明かりも。

「……日本？」

「そうだ。ここは、新人研修によく使われる。俺たちが出会ったのは……あそこだったか」

周令が指さした先はかすかに街灯が見えるだけだ。

「そっか」

記憶がないのでそれしか返事のしようがない。

「俺、こんな夜景を見たの初めてだ。意外と綺麗だな」

そう言ったら、周令が「初めてじゃない」と拗ねた。

「……ごめん。局員になって初めてってことだから怒らないでほしい」

「え！　あ、ああ！　そうだ、そうだな。そういう考えもあるか、なるほど」

拗ねたと思ったらすぐに機嫌を直す。

「考え方次第だと思うんだよ、周令」

周令は何も言わない。

その代わり、さっきより強く司の手を握りしめた。

「はは。由、見てごらん。懐かしい光景だ。俺も最初はああだった」

駿壱がこっちを振り返って笑っている。すると由も「局員になって初めて人間界に行ったときの駿壱さんと同じだ」と言った。

「え」

駿壱は大きく立派な翼で、由の隣を飛んでいる。彼も局員になったばかりの頃は、翼が小さかったのか。

今の頼りがいのある駿壱からは想像もできない。

「なんか安心した。俺、ずっと翼が小さいのかと思ってたから……」

「翼があろうがなかろうが、お前は俺の司だ」

だったら、記憶云々についても不問に付してほしいと思う……っ！

しかしそれを言ったら周令が拗ねるので、司は言いたいのを堪えた。

「降りるぞ」

見ると由と駿壱が下降している。

あの場所は。

周令が指さした場所に近いような気がする。

周令と司が初めて出会った場所。

「マジか……」

思わずそんな声が出た。

何が起きるのかは分からないが、すんなり研修を終えられないような気がした。

「なんかでかい『空』がいるよ、駿壱さん」

由が暢気なことを言いながら結界を張る。途端に人間界の生活音が聞こえなくなった。

しんと静まり返った十字路の真ん中に、黒い何かが立っている。犬のように見えるが、傍に止まっている軽トラックより大きかった。体が脈打ち、見ている間に大きくなる。

「なに、あれ」

「あれが『空』だ。ちょっと変わった形だな」

「ちょっとじゃないだろ……あれ」

「倒せば終わりだ。……そうだろう？　由」

二階建て家屋の屋根にそっと下ろされた。周令はすで弓を構えている。

「まあね。ただこれは司の研修でもあるから、俺たちが勝手に片付けることはできないよ」

「司を襲おうとするヤツは、なんだろうと俺が倒す」

「そういう問題じゃないだろうに、周令」

羽ばたきながら双剣を握りしめた由の後ろで、駿壱が「俺たちが陽動、司が一撃。周令は司の援護」と声を上げた。

駿壱が司の指導教官なので、彼の指示で動く。

「よ、よし……っ！　俺だってちゃんと研修を終えて『魂撃滅課』の末席に座るんだ。ここで怖じ気づいてどうする」

司は「俺の槍、出て来てください……！」と最後は敬語になりながら自分の両手を見つめて念じる。

すると瞬きをする間に槍が現れ、司は「やった！」と慌てて柄を掴んだ。

「よく見ておきなさい司。あれが本物の『空』だ。すべての魂は転生するために悉く《ことごと》魂管理局に向かう。ただし、なんらかの原因……もしくは自身の念が強すぎる場合は地に残る。行くべき場所に行かない魂は『空』と呼ばれ、人間たちに危害を及ぼす。だから俺たちが狩るんだ」

駿壱が傍らに降りて、司に教えてくれる。

「どの国も……同じなんですか？」

「いや、いろんな形がある。ただどんな形をしていても俺たちには一瞬で『空』と分かる」

そういうものなのか、なるほど。

ふむふむと頷いていたら、由が「駿壱さん！」と大声を出した。

「由が呼んでる。じゃあ俺たちは陽動に入るから。司の攻撃タイミングは周令に任せた」

「頑張ります！」

司は元気よく応え、周令は小さく頷く。

「空」は声も上げずに、のろのろと歩いている。時折よろめくのは、大きくなっていく体をコントロールできないからだろう。

今も、由と駿壱のちょっかいに対応できず、手足を振り回している。

「うわ。アレを避けるんだ……。二人とも凄いな……」

「司。もうすぐ駿壱が『空』の右肩に斬りかかる。彼の剣が『空』から引き抜かれたときに、槍で突き刺せ」

「分かった」

「俺が援護をするから問題ない」

「……ああ。信じてる。よろしく頼む」

由と駿壱が、「空」を大通りへと追い込んでいく。お互い顔も見ていないのに息がぴったり合っているのが凄い。

司はごくりと唾を飲み込み、槍を掴む手に力を入れた。

「深呼吸を二回しろ。ゆっくりとな」

きゅっと弓を構えて周令が言った。

「はい！」

気負うな。「空」と戦うのは初めてなんだから失敗することもある。でも駿壱さんと由さん、周令がいる。大事なのは「空」を倒すことだ。俺が「空」を倒すことじゃない。

言われた通り、二回、ゆっくりと深呼吸をする。

よし、大丈夫。大丈夫だ。

司は顔を上げて、「空」の位置を確認した。

駿壱が「空」の肩に剣を突き刺し、「空」が気味の悪い悲鳴を上げ、苦痛から逃れるように身をよじる。

すると周令が大声を出すことなく「今だ。行け。狙うのは背中」と言った。

頷いて素早く一歩踏み出す。

上手く誘導してくれたおかげで、「空」の背中が目の前にあった。「空」が両手を闇雲に振り回すのを、周令が矢を放って動きを止める。矢が自分のすぐ横を通ったはずなのに司には分からなかった。

「くっそ……っ」

自分の体重を乗せて「空」の背に槍を突き刺す。柄まで通った。

やった……っ！

成功したと思ったが、「空」が物凄い勢いでのた打ち回る。槍を抜いて逃げようとしたが、突き刺さった槍は抜けない。

駿壱が「飛びなさい」と声を上げる。

それが一番いいのだろうが、司は、どうやったら飛べるのか分からなくなった。

どうやったら飛べるんだっけ……っ！　翼、翼を広げて……それから……っ！

頭の中が真っ白になっていたらいきなり体が宙に浮いた。

周令に抱えられて「空」から離れている。

「空」は司を捕まえようと両手を伸ばしたが、周令が高く飛んで難なくかわした。

「いくつかの集合体かな、こいつ。俺が片付けちゃっていいよね？　駿壱さん」

駿壱が答える前に、由が双剣で「空」を切り刻む。

その速さに驚いた。

「……あんな大きくて長い剣を両手に持ってるのに、滅茶苦茶速い……！」

「まあ、由だしな。あれくらいは当然だろう」

「そっか」

すっかり見学者になっていたのもつかの間、駿壱が「周令！　司！」と叫んだ。

気づいたときには遅かった。後ろにもう一体「空」がいた。

「俺を放せ周令」

「いやだ！」

「放せ！」

逃げるだけでは、やがて捕まってしまう。

司は乱暴に動いて周令の腕から地面に落ちていく。どうにか翼を羽ばたかせることができたおかげで、地面と激突は避けられた。

「空」は、一番弱い司に襲いかかってくるが、司は怯えたりしない。再び手のひらに槍を出現させて構える。周令の放った矢が「空」の顔面に突き刺さった。

「空」の動きが止まったところを、槍で突き刺す。今度は勢いよく引き抜く。その際に黒い体液を全身に浴びた。

「うわっ！」

目の前で溶けてなくなっていく「空」を見ながら、スーツの汚れはクリーニングで落ちるのかなと考える。制服扱いだから、新しいものを用意してくれると思うけど……。

初めての戦いの割には、結構形になった気がする。ただ少し、息苦しい。きっと「空」の体液を浴びたからだ。生臭いので、マンションに戻ったらすぐ風呂に入ると決めた。

息苦しくて、頭が痛い。目の前が回って見える。立っているのが辛い。

「早く病院に連れて行かないと！　アレはだめだ……っ！」

駿壱が慌てている。

由が「まあでも、これほどの荒療治なら、あるいは」と戸惑った声を上げた。

「何を言ってるんだ？　由。俺は司の指導官なんだ。責任がある。撤退するぞ！」

「分かってるよ、駿壱さん。さて、俺が四人全員を時渡りさせせよう」

由が両手を振って双剣を消す。

司は、気持ち悪くなって倒れそうになったところで周令に受け止められた。

スーツを汚したら申し訳ないと思い「シュ－レ－、ごめん」と言ったら、「今、ここで俺をシュ－レ－と呼ぶのか！」と大きな声を出された。

泣いているような声だった。

◆

明日で研修が終わる。

研修が終わったと同時に、周令は魂管理局局員をやめるつもりでいた。

司には何も言わない。あの子は何も知らなくていい。

周令はノートパソコンに向かって最後の報告書を記した。

人間と関わる喜びを得た一ヶ月だった。

「たった一ヶ月か、それとも一ヶ月もかかったか……どちらにせよ、俺は司のものだ」

司は周令のベッドで眠っていて、今日も家に帰らないつもりだ。

それでいい。

これからどうやって暮らしていこうか、それを考えるのが楽しい。司の傍で、二人一緒に幸せに暮らす。

「……まさか、俺がな」

「何がまさかなんだ？　周令。お前は優秀なのはいいけど、少しぐらいは俺に『元気です』ってメールをくれてもよくない？　で、明日で研修は終わりだから寄ってみたんだけど」

周令の目の前に、淡い色のスーツを着た由が現れた。

彼はベッドで眠っている司を見て、大きく広げていた翼をそっと折りたたんで消した。

「近所の子？　ずいぶん仲良くなったね。明日で研修は終わりだ。人間たちのことをよく理解したかい？　ここいらには『空』は現れなかったようだけど、結界の張り方はもう完璧かな？」

靴を脱ぐのが面倒なのか、由は宙に浮いたまま笑顔で尋ねる。

突然の由の登場で、周令は何を話していいか迷った。

「どうにか大丈夫」

「そうか。ちょっと結界を張るね。人間に俺の姿を見られたくないから」

パンと空気が張り詰める。由の結界はベッドメイクされたシーツのようにいつもピンと張り詰めていて完璧だ。

結界の中に、司は含まれない。彼は何も知らずに眠っている。

「そこの人間とは、どの程度親しくなった？　俺たちに関わりそうな霊感を持っている夕イプ？」

「ただの人間だ。どこにでもいる、普通の……」

落ち着け。明日言うことが早まっただけだ。由が来ているんだからちょうどいい。言ってしまえ。魂管理局には戻らないと。

周令は深呼吸をして正座し、由を見上げた。

「由、俺は……司と一緒に人間界で暮らす。罰を受けろというなら受ける。翼をもがれても構わない。自分の力を失ってもいい。俺は司から離れたくない」

「……お前はもっと冷静で優秀だと思っていた。人間に恋に落ちた上に親密になるなんて規則違反のオンパレードだ」

「だから俺は局員をやめる。俺は司と共に生きる。研修で脱落した者がいたと笑えばいい。俺は自分の心に正直に生きる」

彼が目をかけてくれていたのは分かっている。だが周令は、何よりも大事な愛を知ってしまったのだ。

「そりゃね、自分がどうなってもいいくらい愛しい人がいれば、盲目にもなるよ。でも、せめて相手が死ぬまで待ってほしかったな。魂ならば、転生するまでのつかの間に触れ合うことができたのに」

「俺は一時《いっとき》も司を離したくない。司もそうだ。俺と離れたくないと言った」

「そんな簡単に済むわけないだろうが」

「……だから、まず局に戻って話をしようと思っていた」

「何を言ってるんだ。局でその話を聞いていたら記憶を封印してるよ。俺たちは人間と恋をするために人間界に来ているわけじゃないんだ」

一番なくしたくないものを差し出せだなんて。

司のことを忘れるのは無理だ。

周令は首を左右に振って「嫌だ」と言った。

「局員と恋に落ちた人間たちも、『空』になるんだよ……」

その静かな言葉に、周令の目が見開かれた。

「空」になるだと……？　「空」は、管理局に行けない魂のことだ。人間界にしがみついて、人間に危害を与える念の塊だろう？

周令は愕然として、ぐっすり眠っている司に視線を向ける。

「魂管理局にファランロッド局長の局長室に資料がある。俺を含め四人の『次期局長候補』にはそれを閲覧できる資格がある。局員という生き物の想いは人間には強すぎて、情愛で魂に傷をつけてしまうそうだ。その傷が『空』に繋がる。局長は『まさに愛の矢が刺さった傷なのよね』と言っていた」

唇から「嘘だ……」と吐息のような言葉が漏れた。

「そんなの知らなかったって顔だ。そりゃそうだ。人間と恋に落ちる局員など普通はいない」

由が自嘲気味に笑ったのが気になったが、それを問う余裕は今の周令にはなかった。

「添い遂げることができず、せめて子供をと体を繋げても子は成せず、辛くて辛くて、心が痛くて辛すぎて、『空』へと変化していく」

周令は何も言えずに唇を噛んだままだ。

「気持ちは分かるよ、周令。俺の愛しい人は人間だ。だがな、何もしない。何も告げない。無事に死ぬのを待っている」

死ねば魂はみな魂管理局へと集まってくる。

それこそ、世界中の魂が。

「なんで黙っていた。知っていれば、俺は……司のために、何があっても我慢できた」

「あとからならなんとでも言える。……その子供、まだ若いのにね。可哀相に」

やめろ。やめてくれ。そんなことを言うな……っ！

周令は両手で顔を押さえて、低く呻く。

「俺たちにとって人間の寿命なんてたいした時間じゃない。どうして死ぬまで待てなかった。その子の魂は、必ず魂管理局に来るというのに。いつものお前なら、それくらいすぐに気づいた。なのに、今回に限ってどうしたんだ……」

「俺は、あんなに誰かを愛しいと思ったのは初めてで……だから……」

俺のせいで司が「空」になるなんて。

転生できない魂になってしまうなんて。

お互い愛していればなんでもできると思っていた。とにかく離れがたかった。

なのに。

司が「空」になったら倒すしかない。そんな酷いことをしなければならないなんて。

「由……どうしたらいい？　司を『空』にしたくない。俺のせいだ。俺が後先を考えずに浮かれて、取り返しのつかないことをした……」

助けてくれ。司を助けてくれ、と。

周令は由の前で頭を垂れ、体を震わせる。

「一つだけ方法がある。『空』にせずに済む方法」

「だったら教えてくれ。なんでもする。司を『空』にしたくない……っ」

由が司を一瞥し、「記憶を封印すればいい」と言った。

「え」

「その子から周令の記憶を封印すれば、魂の傷が徐々に癒え、とりあえず『空』になることはない。ただ、寿命が少し縮まる。これはどうしようもない副作用だ」

司の頭の中から周令の記憶を消す。

簡単に言われた。こっちは胸が張り裂けそうなほど苦しんでいるのに。

いやこれは、自業自得だ。人間に恋をした自分が悪いのだ。

だとしたら、自分にできることは一つしかない。

「本当に……愛しているんだ。翼も能力も、何もかもいらないと思うほど」

愛しているなら、自分の存在をなくさなければ。

「だったら、なおさら記憶を封印してやらないと」

「ああ。……一つ聞いてもいいか？」

「なんだい？」

「もし死んだら、封印されていた記憶は蘇るのか？」

「魂管理局に魂が来たらってこと？　そうだね。つかの間だけど。原則として、魂はすぐに魂転生課でクリーニングされて次の未来へと送られる」

周令は軽く頷き、「司は俺の大事な太陽だ。幸せを願ってる……だから……」途中で声が掠れた。

「記憶の操作の仕方は分かるね。ちゃんと座学で習ったはずだ」

習ったとも。俺はいつもみんなのお手本だった。一番優秀だった。

だから今回も上手くやってみせる。

「周令。今回のことは十分反省すること。少なくとも俺の信用はそこそこ失ったと思ってくれ。……ここで聞き分けがなかったら、強制帰還させていたところだった」

「はい」

「では、あとは任せてもいいな？　明日、仕事を済ませたら集合場所に来ること。いいね？」

「はい。ご迷惑を、おかけしました……」

震える声で礼を言い、顔を上げたときには由はどこにもいなかった。結界もなくなって人間界の生活音が聞こえてくる。

「んー……」

司が寝返りを打って「シューレー……？」と呼んだ。

「どうした？」

「一緒に寝ようよ」

寝ぼけているのか、目を閉じたまま両腕を動かして周令を手招く。

「そうだな。寝よう。そして、明日になったら綺麗さっぱり……」

俺のことは何も思い出せなくしてやるよ。

そうすれば、魂についた傷も薄れてなくなっていくはずだ。

「司……愛してる。お前の笑顔は俺の太陽だ……俺は太陽をなくしたら生きていけない」

「んー……俺も……」

互いの背にそっと腕を回して抱きしめる。

「申し訳ない。本当に申し訳ない。俺はあのとき、司を振らなければならなかった。だができなかった。俺は自制できなかった。俺が悪いんだ。お前は悪くない……」

この温かさを幸福と感じるのも、今夜で最後。

「シューレーは温かい……」

「司の方が温かいよ。こうしてずっと抱きしめていたいなあ……」

周令は、でもこれで最後だと心の中で呟いた。

◆

司は、泣きながら目を覚ました。

空調が効いた白い部屋は、病院のようだ。

白いTシャツに下着姿でベッドの中にいた。「空」の体液は洗浄してもらえたようで、自分の体から仄かに石けんの香りがする。

どれくらい寝ていたのだろう。

夢を見た。とても鮮明な夢だ。

初めて会ったときの周令はキラキラと輝いていた。その輝きを自分のものにしたくて声をかけた。この気持ちを周令に告げることはできないが、でも、ずっと想い続けた。

楽しい日々が続いた。永遠に続くかと思ったくらいだ。

告白をして受け入れられて、そして、ベッドの中で数え切れないほど抱き合った。

楽しかった。この幸せが一生続きますようにとどれだけ願ったことか。

そうしたら、今度は由が出て来て、司の記憶について語った。

周令が泣いていた。何度もすまないと言った。

「あれは、俺が人間だった頃の話だ」

俺が知らないはずの記憶だろうに……なんで？

ふと左を見ると、周令が司の左手を掴んだまま椅子に座って寝ていた。

「そうか。周令の記憶が流れてきたのか」

はは、と笑った次の瞬間。

頭の中に突然たくさんの花火が上がった。

イメージなのに、花火が夜空に咲くときの腹に響く音が聞こえる。

頭の中で花火が弾けていくたびに、所々欠けていた記憶が戻ってきた。

ああそうだ、と司は頷く。

図書館併設のカフェにバイトに行く途中、顔見知りの小学生と挨拶をした。彼が、石に躓いて車道に転がったところを助けたのだ。

その代わりに死んでしまった。自分でも、なんでここでと思ったが、魂管理局側でもそうだったらしい。

「全部思い出した。今頃だけど」

封印されていた記憶と、周令を忘れて生きてきたときの記憶が、ようやく繋がった。

眠りこけている周令の左手を力強く握りしめる。

「シューレー、起きろ。俺はもう元気ですよ」

囁くように言ったら、周令がゆっくりと目を覚ます。

「司……よかった……お前、病院で処置をしてもらってもずっと起きなくて……今日で三日だ。俺は、お前を二度も失うのかと思った」

周令が泣きそうな顔で司の左手にキスをする。

「ごめん。俺も、あんなことになるとは思わなかった」

「もういいんだ。ちゃんと休んでくれ。人間だった頃を思い出せなんて言って拗ねたりしない。俺は司がいいんだ。まだ俺が『お友達』のままでもいい。もう一度俺と恋をしてくれ。愛してる」

ゆっくりと周令の頭が司の肩に乗った。小刻みに震える肩から、彼が泣いているのが分かった。

「お友達なんかじゃないよ。俺たち、今度は魂管理局で恋をしよう。なあ、シューレー」

そう言った途端に周令の体がぴくりと固まった。

「俺のことを愛してくれるか？　シューレー。俺もシューレーを愛したい」

「司……っ」

周令が涙に濡れた顔を上げる。

今もぽろぽろと涙の滴を零してる。宝石のようにキラキラと光って、シーツに落ちていく様はとても綺麗だ。

「シューレー……俺、思い出したみたい。なんなんだろうな、『空』の体液って」

「司……」

「俺また、シューレーのことを好きになっていい？」

「なってくれ。俺は二度とお前を離さない。愛してる。愛しているよ、司」

「俺もシューレーを愛してる」

言いながら手を伸ばして互いの体に触れ、温かさを確かめる。

そのうち、触れるだけでは済まなくなって、二人はたどたどしく顔を寄せて唇を合わせた。何度も唇を押しつけて、熱い舌を絡めながらベッドに倒れ込む。

誰か来たらどうしようなんて考えない。

それよりもこうして、愛し合う方が大事だ。

「シューレー……俺の中に入って。いっぱい、気持ちよくして」

「待て。ちゃんと慣らさないと……」

「この体ならきっと大丈夫だ。俺もう、弄られて終わるの嫌だ。シューレーを体の中で感じたい」

司は下着を脱いで周令を誘う。

「成長した俺を、どこまでも全部、可愛がってくれ……」

「く……っ」

周令がスーツのジャケットを床に放り、ネクタイを緩めて司の腰をすくい上げる。

「そんな風に誘っておいて後悔するなよ？　俺はお前に関しては我慢できるようにできていないんだ」

スラックスのファスナーを下ろす音が聞こえて、司はごくりと喉を鳴らした。熱く滾る陰茎が、ぴたりと後孔に押しつけられる。

それだけで司は硬く勃起した。

「力、抜いて」

「分かった」

呼吸を整えて体から力を抜くと、周令が慎重に入って来る。圧迫感はあるが苦痛はない。むしろ、繋がれたことが嬉しくて興奮してしまう。

前戯が殆どない挿入をするほど、欲しくて欲しくてたまらない。

周令の熱を下腹に感じて、司の胸の奥が甘く締め付けられる。その甘さは尾てい骨を伝いながら快感へと変化していく。

「あ、あ……っ、シューレー……が、中にいるっ。俺の中、周令で……いっぱい……っ」

「司の中は熱くて……俺を離すまいと締め付けてくる。可愛い。可愛いよ、司」

ぐっと強く腰を掴まれて揺さぶられる。

司の陰茎は、後孔を伝うほど先走りを溢れさせていて、それが二人が繋がった場所をとろとろと濡らして、ぐちゅぐちゅと粘り気のある恥ずかしい音を響かせた。

「あ、あっ、あ……っ、奥、だめっ、そんな奥まで弄られたらっ、俺っ」

「今の体なら、すぐによくなれるだろう？　だから歓喜に泣きわめいてくれ、司。俺に可愛がられるお前のすべてを見せてくれ」

「ひっ、あ、ああっ、あああああっ！」

肉壁の浅い部分にある敏感な部位を激しく突き上げられて、自分で扱くこともせずに司は勢いよく射精した。

これで落ち着くことはなく、周令はいっそう強く腰を打ちつけてくる。

「俺、イッた！　イッたのに！　精液出したのにっ！　また、なんかっ、この体感じすぎていやだ……っ」

奥深くをこじ開けられて、さっきとは違う感覚が体の中を駆け巡る。

周令に貫かれるたびに腹の中が熱くなる。まるっきり体を作り替えられているような熱とともに、快楽の波が押し寄せて来た。

「シューレー……っ！」

司は両手を伸ばして周令にしがみつき、高波のように押し寄せて来る快感に体を震わせる。よすぎて涙が出た。

「シューレー……好きだ、シューレー……っ」

「俺もだ司」

生まれて初めて体験する快感の波はいっこうに去ってくれず、司は両足の指を丸めて必死に耐える。

「可愛い司。我慢しないで感じてくれ。どんなに気持ちがいいか俺に教えてくれ」

初めて体の奥を開かれて、どうしようもなく感じてしまう。快感で体が弛緩し、下手をしたら失禁してしまいそうになる。

目の前が真っ白だ。

何も考えられない。ただ、自分たちが繋がっている場所から果てしなく湧き上がる快感に子供のように泣くことしかできない。

「イッてる、シューレー……俺、何度もイッてる……っ、こんなの苦しい……気持ちよくて苦しい……っ」

「これからはいつも、こうして愛してやる」

「ん……っ、こんな気持ちいいこといっぱいされたら……俺、死んじゃうよ……っ、あ、あっ、そこだめ、あ、あ、あっ、奥をトントンされたらっ、そんないっぱいトントンされたら……も、俺っ、出ちゃう……っ」

周令の激しい動きで、ベッドがスプリングを軋ませる。

「いっぱい出せ。俺が愛してやった証拠だ。いいよ、ほら。司……愛してる」

「あーあーあーあー……っ！」

もう我慢なんてできない。

司は陰茎を震わせながら失禁した。生暖かな液体が自分の体を伝ってベッドを濡らしていくのが恥ずかしい。なのに、同じくらい興奮している。

「やだ、見ちゃいやだ……っ、あっ、ああっ、また奥っ、トントンする……っ」

「俺がいっぱい可愛がってやった証拠だ。司。可愛い。もう絶対に離さない。凄く可愛い」

周令が耳元で囁き、乱暴に腰を動かしたかと思うと、司の奥にしたたかに射精した。

「シューレーの……凄く熱い……」

周令が自分を愛した証拠をずっととどめておきたいと思った。

熱くて気持ちよくて、もっと欲しくなる。

「シューレー……もっと欲しい。いっぱい可愛がってほしい」

「司……」

「俺もう、絶対にシューレーを忘れたりしないから……」

「当然だ」

「………………あ」

司の中で、周令の陰茎が復活したのが分かった。

「シューレーはエロい。うん、前から言おうと思ってたけれど、シューレーはやることが滅茶苦茶エロい」

「は？」

「でも俺、シューレーにエロいことをされるのが好きだから……さ」

それに、魂管理局局員という新しい体で、いろいろなことをしてみたいという好奇心もある。

「そうか。だったら、俺がお前にしたいと思っていることをしても、司は気持ちよくなってくれるんだな。それは嬉しい」

腰を掴んでいた周令の両手が、今度は司の胸に触れる。

「ここの感度をもっとよくしたい。それに、こんな小さい乳首では上手くつまめないから、もう少し大きくしてやりたい」

胸を揉みながら笑顔で言われた。

「ほんと、シューレーはエロい。でも、俺も、そこ……弄られるの好き」

どろどろに濡れたベッドの上で今度は違うことをしよう。

司は「キスしたい」とねだって、周令に極上のキスを貰った。

愛している気持ちが山ほど詰まったキスは、口の中で甘く弾ける。

「シューレー……好き……」

何度言っても足りないから、少しばかり途方に暮れる。けれどこれからは毎日言えばいい。目覚めたときに、朝のコーヒーを飲む前に、行ってらっしゃいのキスをしながら、ベッドの中で、たっぷりと。

「俺もだ。寝言でも言いたい」

「ほんと？」

「当然だ。俺はやると決めたらやる男だ」

真顔で言う周令が愛しくてたまらない。

あのときイレギュラーで死ぬことがなかったら、周令への気持ちを綺麗に忘れたままだったのだ。ここに来られて本当によかった。

司は心の中で魂管理局に感謝した。

由が、司の病室のドアに「明日まで起こさないこと」とメモを貼りつけた。文字の最後にはハートマークつきなので、みな察するだろう。

今は二人きりの時間を思う存分過ごせばいい。

「お前さ、由」

「俺は……司の記憶が戻るとは思っていなかった。ただ、『空』も元は人間の魂だし、念がこもっているから」

こっちを向いてにっこり微笑む由に、駿壱は「上手くいってよかったな」と言った。

「もしだめだとしてもさ、あの二人はもう一度恋をすればいいだけなんだから」

「それはそうだが。……お前は意外と周令に甘い。もしや……、昔付き合っていたのか？」

病院の廊下を歩きながら、聞いてみる。自分とて八十二年も生きた間にいろいろなことがあった。だからそれで由をとがめることはしない。

ただ、からかうだけだ。

「え？　それは……駿壱さんは周令に妬いてるってこと？　マジで？　俺は滅茶苦茶愛されてる？　というか俺はあいつと付き合ってません。恐ろしいことを言わないで。人間に恋をした先輩として、俺にできることをしてあげてはいたけどね」

「そうだったのか。……からかってすまない」

「いいよ、でも、今回の件は秘密だよ？　局員と人間の恋の話」

「……俺が鈍感な人間でよかったな、由。そうでなかったら、俺は『空』になるか記憶を封印されるかの恐ろしい二択だった」

小さく笑って隣を見ると、由が「俺はそういうところは抜かりありません」とむっとした顔を見せる。

他の局員たちから「キャーキャー」言われ、「次期局長候補の筆頭」と尊敬のまなざしで見られていても、駿壱にとって由は我が儘で甘ったれの「可愛い恋人」だ。

「これで、指導教官をしていた頃の肩の荷が下りた。本当によかった」

「そうだな。よく頑張ったな、由」

駿壱は、よしよしと由の頭を優しく撫で回してやる。

「よし。今夜は寝かさない。あの若い恋人同士に負けないよう、俺たちもハッスルするよ！　駿壱さん」

「なんだよ、ハッスルって。死語どころか古代語だぞ」

そうはいっても可愛い恋人の願いだから聞いてやりたい。

駿壱は「そうだな。たまには」と適当に頷いて笑った。

おわり

追記。

司は意識を取り戻した日から一週間、自宅で静養となった。

そしてそこには、麗しい笑顔でかいがいしく司の面倒を見る周令の姿があった。

「周令が笑ってるって！」「マジ？」「怖くない！　むしろクールビューティー」と局員たちはざわめいたが、何やら話を聞くと「愛が彼を変えた」とのことで、魂管理局では、パートナーのいない局員たちの合コンがしばらく流行った。

あとがき

こんにちは、髙月まつりです。今回は新生・魂管理局のお話、第二弾になります。

「……ということで、ここからは改めて魂管理局の説明をしたいと思います。人間として八十二年生きてから局員に生まれ変わった俺、駿壱が、ここからお伝えします。前回の主役の一人なので、結構上手くまとめられるかと思います」

「人間界とあの世の間に存在するのが『魂管理局』という組織です。いつから存在するのか不明です。ファランロッド局長に訊ねたことがありますが……『私にも分からないけど、ミステリアスでいいじゃない』と言われました。なんなんですかね、あの局長は」

駿壱は手にしたファイルの中身を確認し、笑顔で続ける。

「とにかく、魂管理局というのは世界中の魂を集めてクリーニングしてから、次の世に送り出すという仕事を主にしています。たまに『前世を覚えている！』という人間が現れるのは、このクリーニングが上手くできなかった魂ですね。大体は、現世と折り合いを付けて生きていくそうです……。そして、この局には現在七つの課があります。

一、局内の治安を保つ『局内治安課』。人間の世界で言うところの警察ですかね。正直、滅茶苦茶暇で、いつも翼を広げて日向ぼっこしてます。

二、集まった魂をクリーニングする『清浄課』。なにげに重要な課ですね。そして毎日忙しいです。ここの課の人たちはいろいろと細かいです。

三、クリーニングされた魂の転生先を決定する『転生課』。魂によって、即座にあの世に行くか、転生を繰り返すかの決定します。ここの課の人たちがギャンブル好きが多いと知ったのはつい最近……。

四、局員の誕生と養育をしている『新生課』。通称ゆりかご。局員はここで生まれて育っていきます。母性父性に満ちあふれた局員たちが真心を込めて育てています。

そして、現世およびあの世との繋がりをスムーズにする『現世折衝課』と『あの世折衝課』があります。

そのひとつ、『現世折衝課』は、人間界にオフィスを構えて、普通の会社員のように暮らしているとか。俺はまだ会ったことないですね。でも彼らのおかげで局でも便利な家電や面白いテレビを観られるので感謝してます。もうひとつの『あの世折衝課』の局員たちは大体いつもあの世に遊びに行ってます。暢気な人が多い印象を受けます。いつもお茶飲んでるし。

そして七番目の部署である『魂撃滅課』。

通称空狩り。地上に留まって人間たちに危害を加えるようになった魂を倒します。仕事が分かりやすく派手なので、一番人気の課です。ちなみに俺も所属してます。

どこの課にも優秀な事務方がいます。

そして最近は、より人間界ナイズされた『課』も新設されました。

局員たちの生活に欠かせない『複合福利厚生課』。

外食、デパート、映画など……日々、局員のための娯楽を考えています。

魂管理局では金銭の授受は必要ないのですが、代わりにスタンプカードやポイントカードが発行され、スタンプ満了ポイント満了の際には、店舗によって異なる特別なノベルティーグッズが貰えます。実は俺も、いつも使ってるコーヒースタンドで、ノベルティグッズをもらいました。おしゃれなトートバッグでした。……とまあ、これくらいですかね。新しい課はもう新設されないと思いますが……」

そこまで言ったところで、大人しく訊いていた由が「働く動物たちの説明がされてないよ、駿壱さん！」と突っ込みを入れてきた。

「あー……そうだった。動物たちの魂は、生前の行いによって局に来ます。大体はよい行いをしたものです。動物だけどそういうことができるって段階で、かなり賢いよな」

「そうだね」

「手紙を運んでいた伝書鳩とも言える鳥たちは、実はあれ、鳥の姿をしているけれど局のメールシステムです。俺も今知った。たまにパンをあげてたんだが、ちゃんと食べてくれたぞ。凄いシステムだ」

駿壱はファイルを閉じて「こんなもんかな」と小さく頷く。

「うん。それでいいんじゃない？　そして――……俺が局長になった暁には、『複合福利厚生課』にお願いして、古き良き時代のラブホテルを作ってもらおうと思う！」

「はあ？」

「恋する局員たちの夜のテーマパークなんて最高だと思うんだよ！」

「何が最高だ。お前はバカか」

駿壱は右手で拳を作り、冷ややかな視線で由を見つめた。

「ねえ、その拳はどこに向けるの？　俺じゃないよね？　駿壱さん」

「……俺は、こんなバカな子を育てた覚えはないんだがな。何が古き良き時代のラブホテルだよ」

「ロマンだよそれ」

「夜のテーマパークだなんて……どこのおっさんだ。八十二年の人生を駆け抜けた俺におっさん呼ばわりされたいのかお前は」

「こんなに綺麗で完璧な存在の俺が、おっさんなわけありません。でも、駿壱さんが怒るなら、普通のテーマパークを作ることにする。人間界にあるよね、楽しそうな夢の国」

「そうだな。それならいいと思うぞ。…………では、これで魂管理局の説明は終わらせていただきます。ご清聴ありがとうございました」

……ということで、魂管理局の仕組みを簡単に伝えていただきました。

最後まで読んでくださってありがとうございます。

前回の主人公である由と駿壱は今回は脇に回りましたが、それでも登場させることができて嬉しく思っています。

局員と元人間……という設定は前回と同じではありますが、今回はちょっとひねってみました。

記憶喪失美味しい……と思いながら笑顔で書き進めていきました。キャラはわりとスムーズにできましたね。良い感じでした。

ご飯を食べるシーンが一番好きで、結構イチャイチャできたかなと思ってます。

素直になれない周令は、私が描く攻めキャラの中では結構珍しい感じ。でも、すぐにグイグイ行ってくれて「あー……いつもの攻めだー」と安心しました。

受けの司は若くして死んでしまったので可哀相でしたが、これからは周令と仲良く暮らしてくれるはずです。

そして、イラストを描いてくださった小禄先生。本当にありがとうございました。そしていろいろとご迷惑をおかけして申し訳ありませんでした。

弓を構えた周令が美し過ぎて、イラストを見て「ヤバイ」という感想しか出ませんでした。ヤバイ。格好よすぎです……。そして、食堂のシーンの司の可愛いこと！「ふへ」と変な声が出ました。本当にありがとうございました！

それでは、次回作でまたお会いできれば幸いです。

高月まつり

プリズム文庫／既刊本のお知らせ

愛と叱咤があり余る
高月まつり
イラスト／こうじま奈月

「お客様の愚痴を聞く」というなんとも変わった風俗店に勤める知尋は、新規の客である聡太に一目惚れする。降って湧いた一世一代の狩猟のチャンスを逃すつもりはない。狩りに成功したら繁殖活動だ！　そう思うのとは裏腹に、聡太の前ではそっけない態度を崩さず——。

恋するスイートホーム
高月まつり
イラスト／こうじま奈月

九歳年下の聡介を大事に育ててきた湊。ふたりに血の繋がりはないけれど、聡介は大事な弟だ。なんだか最近、その弟の様子がおかしい。二十歳になったというのに、一緒に風呂に入りたがったり同じベッドで眠りたがる。ここは一度、聡介と腹を割って話そうと思い——。

恋の調べはランチに乗せて
高月まつり
イラスト／八百

弁当屋の主である学のもとには、外食関連のスカウトマンが多く訪れている。だが、両親が遺した店以外で料理するつもりがない学は、すべての誘いを断っていた。スカウトの鬼、聡司も玉砕した一人だ。だけど彼は、料理人としての学は諦めても、学本人を諦めるつもりはなく……。

秘密はシルクに閉じ込めて♥
高月まつり
イラスト／こうじま奈月

勤め先が倒産して社員寮を出ることになった千寛は、最後の給料は未払いだし全財産も紛失。そんなとき、仕事と住む場所を紹介してくれるという男と知り合う。職場見学に行って見たのは、女性用の下着を身に着けた男性キャストが同性客相手に性的な接待をする光景で——。

可愛いから、許す。

高月まつり
イラスト／八百

新人ハウスキーパーの守が初めて派遣されたのは、会社員の和輝の家だ。和輝が子猫を拾ったので、飼育指導と家事を任されることになったのだ。しかし守は知らなかった。自分がこれから住み込みで働く契約になっていたことと、料金五割引きで派遣されたことを……。

俺のご主人様

高月まつり
イラスト／中田アキラ

性器具の企画開発製造などで世界中の人々のナイトライフをサポートする会社、ゼッツリーン。そこで働く清水の夢は、理想のクールビューティーなご主人様に出会って生涯のパートナーとなる。つまり、その相手のスレイブになって苛められたり酷い言葉をなげかけられることで……。

お前が思い出になるわけない

高月まつり
イラスト／こうじま奈月

佐野の新しい仕事は、男性限定のマンションの管理人だ。そこには、ひとくせもふたくせもある人間ばかりが住んでいる。そのうちのひとり、人気作家の神楽は、佐野を中学時代の先輩だと言う。しかし、インパクト大の美形である神楽に、まったく見覚えがなく——。

魂管理局より愛を込めて

高月まつり
イラスト／小禄

生涯独身を貫き、四人の子供を育て上げた駿壱は、八十二歳で息を引き取った……はずだった。なのに、二十代の姿に戻って真っ白な空間で目覚め、背中に翼を生やした養い子の由と何十年かぶりに再会し、魂管理局の新人局員として生まれ変わったと聞かされて……。

プリズム文庫をお買い上げいただきまして
ありがとうございました。
この本を読んでのご意見・ご感想を
お待ちしております!

【ファンレターのあて先】
〒153-0051 東京都目黒区上目黒1-18-6 NMビル
(株)オークラ出版 プリズム文庫編集部
『髙月まつり先生』『小禄先生』係

プリズム文庫

奪われた記憶で愛を誓う
魂管理局シリーズ

2020年06月30日 初版発行

著　者　髙月まつり
発行人　長嶋うつぎ
発　行　株式会社オークラ出版
〒153-0051 東京都目黒区上目黒1-18-6 NMビル
営　業　TEL:03-3792-2411 FAX:03-3793-7048
編　集　TEL:03-3793-6756 FAX:03-5722-7626
郵便振替　00170-7-581612(加入者名:オークランド)
印　刷　中央精版印刷株式会社

Printed in JAPAN ISBN978-4-7755-2930-0